EL PALACIO DE LOS SUSURROS PERDIDOS

UN THRILLER DE MISTERIO Y SUSPENSE

RAÚL GARBANTES

Página web del autor:
www.raulgarbantes.com

amazon.com/author/raulgarbantes
goodreads.com/raulgarbantes
facebook.com/autorraulgarbantes
x.com/rgarbantes

Obtén una copia digital GRATIS de *Miedo en los ojos* y mantente informado sobre futuras publicaciones de Raúl Garbantes. Suscríbete en este enlace: https://raulgarbantes.com/miedogratis

ÍNDICE

CAPÍTULO 1
BIENVENIDA A LA COMUNIDAD

MINA ENTRA a la ciudad de Monterrey, California, en su Corolla del 95. Había comprado el coche por unos pocos dólares una semana atrás, era a lo que llegaba con sus ahorros. Tenía la pintura verde oscura un poco descascarada y los tapizados se veían gastados, pero el motor estaba bien. Al menos, eso le había dicho un amigo de su padre que sabía de coches cuando la acompañó a comprarlo. Ella era consciente de que debería seguir gastando dinero luego de instalarse y tenía que mantener sus números acotados. Sus ingresos estaban bien, pero era la primera vez que iba a vivir realmente sola, por lo que quería tener controlado su presupuesto hasta saber bien cuánto gastaría por mes. El coche era necesario, pero bastaba con que anduviera bien, lo demás era accesorio.

Se detiene en un semáforo y aprovecha para acomodar su negro cabello detrás de la oreja. Se mira en el espejo retrovisor. El mechón que suele caerle sobre los ojos azules le resulta incómodo a la hora de conducir; ya está en su lugar.

El semáforo cambia y retoma la marcha. Va siguiendo las

indicaciones del GPS en su móvil. Había venido a Monterrey con sus padres hacía diez años, pero solo por tres días en unas vacaciones improvisadas. Por algún motivo que ya no recuerda, le había gustado mucho. Si bien es una ciudad bonita, no tiene nada que le llame demasiado la atención. Tal vez le gustó porque fue un lindo momento que pasaron en familia luego de algunos «tiempos difíciles». Por entonces, Monterrey le resultó un oasis de paz y seguridad. Quizás espera que ahora sea lo mismo. Por eso fue que cuando decidió alejarse, eligió esta ciudad para comenzar su nueva vida. La realidad es que no sabía a dónde ir y le daba lo mismo cualquier lado, por eso, bastó un recuerdo agradable para que se decidiera por este lugar.

Con apenas veintidós años, parecería extraño que alguien quiera iniciar una nueva vida, pero a pesar de su corta edad, Mina ha vivido mucho. De pequeña fue raptada por un demente que asesinó a su madre biológica y a su hermano. Eso hizo que fuera adoptada por sus tíos. Años más tarde, también la quisieron secuestrar, o asesinar. Nunca supo bien por qué, pero estuvo relacionado con que tenía hermanos gemelos que no conocía. Aquel incidente fue muy confuso y sus padres adoptivos, Alex y Diana, nunca le dieron demasiadas explicaciones. Ella tampoco las pidió, quería olvidar el tema. Esos fueron los «tiempos difíciles».

Tal vez fue por ese intento de reprimir sus recuerdos y mantener en la sombra una parte de su vida que su psique se vio afectada. Si bien su adolescencia llegó sin mayores inconvenientes, aquellos episodios de su infancia habían dejado secuelas ocultas que con el tiempo comenzarían a salir a la luz. La psicóloga que la trató durante un par de años diagnosticó ataques de pánico por estrés postraumático. No era algo que le imposibilitara llevar una vida normal, pero cada tanto sufría algún episodio que la obligaba a tomar medicación. Por otro lado, había una secuela con la que Mina lidiaba casi cotidianamente. Era una paranoia incipiente que no alcanzaba para interrumpir sus actividades, pero que la hacía estar siempre atenta y que, al final, era lo que desencadenaba sus ataques de pánico. Es por eso que cuando tuvo que comenzar la universidad, en lugar de hacerlo lejos de su hogar, permaneció en la misma ciudad y siguió viviendo con sus padres. No estaba lista. Ella se fue de su casa recién hacía un año y medio, pero no sola, sino con su novio. Sin embargo, una decepción amorosa la impulsó hace unos días a tomar una decisión drástica y alejarse aún más.

Un maullido la saca de la concentración con la que conduce.

—Tranquila, Wifi, ya casi llegamos.

Mina llevaba a su gata en un trasportín en el asiento de al lado. Es su compañera de cuatro patas. En ese intento de olvidar, esa gata era quizás lo único que mantenía de su pasado. Su padre adoptivo se la regaló de cachorra cuando aún vivía con ellos, así que estaba pasando por su segunda mudanza.

En el coche trae un bolso con ropa, su portátil y una colchoneta sobre la que pasará la primera noche. Cuando esta vez decidió mudarse, lo hizo de prisa, buscó un lugar *online* y lo resolvió en un par de días. Es un apartamento de dos ambientes, lindo y a muy buen precio. Está en el primer piso de un complejo de dos edificios. Un requisito fundamental era que tuviera internet, todo lo demás podía esperar. El empleo de Mina es totalmente en línea, por lo que puede realizarlo desde cualquier sitio que tenga conectividad. Por eso cuando eligió un nombre para su gata le puso Wifi, porque es algo sin lo que no puede vivir.

El GPS le avisa que llegó a destino y Mina levanta la mirada para ver el complejo. Le da la impresión de que su estética es un poco anticuada, tal vez de los setenta, pero parece cuidado y en buen estado.

—Pensé que no había nada más viejo que mi coche —le dice a Wifi, que la mira y vuelve a maullar.

Mina entra al aparcamiento del complejo, es una explanada abierta al aire libre sin rejas ni nada que proteja a su coche o a ella de la calle. Eso no le gusta.

—Tranquila, Mina —se dice a sí misma, tratando de frenar esas ideas. Sabe que si no las detiene, terminan creciendo dentro de su mente hasta provocar un ataque de pánico—. Si no hay rejas es porque debe ser un lugar muy seguro.

Estaciona en el sitio que encuentra más cerca de la puerta de ingreso al edificio. Sale del vehículo y abre la puerta trasera. Saca de allí el bolso con ropa y se lo cuelga al hombro. Luego agarra el portátil y lo pone bajo su brazo. Recoge entonces la colchoneta, que está enrollada, y la coloca bajo su otro brazo. Cierra esa puerta y rodea el coche para abrir la del acompañante. La abre.

—Vamos, Wifi.

Levanta el trasportín y lo saca del coche. Después cierra la puerta con la pierna y activa la alarma del llavero con la mano libre. Sujeta mejor el portátil, que se le estaba resbalando, y camina hacia la entrada.

Cuando llega, mira el portero eléctrico buscando el timbre del encargado. Había acordado con la empresa de bienes raíces que recogería la llave del apartamento en portería. En ese momento, aparece alguien a su lado y Mina se sobresalta.

—Buenas tardes —dice un muchacho de más o menos su misma edad—. ¿Necesitas ayuda? ¿Estás buscando a alguien?

—Hola, sí —responde Mina mientras se recompone al ver que el muchacho no representa ningún peligro. Es alto, de cabello castaño, ojos grises y una sonrisa amigable—. Busco al encargado.

El muchacho entonces presiona un timbre y espera a que le respondan.

—Hola —dice la voz en el aparato.

—Hola, Walter, soy Thomas —se anuncia el muchacho mientras continúa mirando a Mina con su amplia sonrisa—. Aquí hay una señorita que te busca. ¿Cuál es tu nombre? —le pregunta a ella.

—Mina.

—¿Escuchaste, Walter? —continúa hablando el muchacho, acercándose al aparato—. La señorita se llama Mina.

—¡Ah, sí! —contesta la voz—. Es una nueva inquilina, ya salgo.

—Ya viene —dice Thomas mientras advierte la cantidad de peso que carga—. ¡Oh!, discúlpame —le dice a la vez que toma la colchoneta, que cada vez le costaba más a Mina sostener.

—Muchas gracias —dice ella.

—Yo vivo en el 4B —le cuenta él y ella no sabe cómo tomarlo, si es solo amabilidad o una insinuación—. Estoy para lo que necesites. Bienvenida a la comunidad.

CAPÍTULO 2
LA PUERTA DEL SÓTANO

Walter, el encargado, es un hombre moreno de unos cuarenta años. Tiene un acento latino que Mina no llega a identificar, tal vez venezolano. Los dos suben al primer piso en el elevador. El vecino que le dio la bienvenida no fue con ellos, iba de salida cuando se cruzaron en la entrada, así que solo se despidió, manteniendo su sonrisa, y Mina con el encargado siguieron solos.

El hombre llega hasta el apartamento primero, abre la puerta y se hace a un lado para invitar a Mina a que pase. Ella entra y echa un vistazo, suspira aliviada, la propiedad es como la había visto en las fotos y el video de la web. No fue estafada. El encargado entra detrás de ella y deja en el suelo la colchoneta que el vecino llamado Thomas le había dado para que cargue. Camina hasta la ventana y la abre. Entra la luz del sol y el lugar se ilumina. Mina sonríe y va hasta la ventana. Puede ver desde allí a su coche en el aparcamiento, el otro edificio del complejo de enfrente y, a un costado, a la izquierda, un enorme jardín que bordea la parte trasera del complejo. Es perfecto, piensa Mina, aún mejor de lo que esperaba. Siente que ha tomado una buena decisión y está satisfecha. Llegó conduciendo sin problemas y el apartamento cumple con sus expectativas. Hasta ahora, viene todo bien.

—Aquí tienes el baño —le dice el encargado, señalando una de las dos puertas que permanecen cerradas.

Mina deja de mirar por la ventana y se dirige hacia allí. Abre la puerta y encuentra un baño en buenas condiciones y bastante grande para lo que es el tamaño general del apartamento. Se acerca al lavabo y abre el grifo del agua fría: sale con fuerza. La cierra y abre el del agua caliente: sale apenas un hilo fino. Mina mira al encargado y él advierte lo que está sucediendo. Se acerca a la llave, la cierra, la abre y sigue pasando lo mismo.

—Qué raro —dice.

Sale del baño y va entonces hasta la puerta de al lado, que permanecía cerrada. La abre y entra a la cocina. Prueba el grifo y sucede lo mismo, apenas sale agua caliente. El hombre se acuclilla, abre la puerta que está bajo el lavadero y queda a la vista la cañería. Revisa la llave de paso, también la gira hacia un lado y hacia el otro. Se vuelve a enderezar.

—El problema no está aquí —afirma el encargado y se rasca la cabeza como si quisiera de esa manera encontrar una solución—. Vamos a ver si ocurre algo en el pasillo.

El encargado, que aún llevaba consigo las llaves, se las da a Mina y salen los dos al pasillo. Ella mira las llaves y encuentra que el llavero tiene un pequeño corazón de metal dorado. Cierra la puerta tras de sí y aprieta las llaves fuerte contra su pecho. La forma de corazón ha sido siempre para ella un augurio de buena suerte. Esto comenzó hace mucho, precisamente, allí en Monterrey, cuando en esas minivacaciones, su padre compró tres camisetas iguales que decían «Yo amo Monterrey» y tenían un gran corazón rojo. Los tres anduvieron por la ciudad usando esas camisetas y Mina estuvo orgullosa de lucirla junto con sus padres adoptivos.

Ahora aparece el corazón en el momento en que recibe su apartamento, está en otra ciudad y, a pesar de encontrarse con un inconveniente inesperado, mantiene la calma. «Lo estoy haciendo bien», piensa.

Camina detrás del hombre, que ya ha llegado a la zona de la escalera. El encargado abre una pequeña puerta disimulada en la pared. Mina puede ver allí cinco gruesos tubos verticales y una decena de tubos más delgados que salen de uno de ellos, del que termina en ese piso.

—Estas tuberías alimentan a los apartamentos de este piso —explica el encargado, señalando a las diez tuberías. Repite el procedimiento, abre y cierra la llave del apartamento C, el de Mina—. Aquí tampoco hay ningún problema. Debe estar el piso entero sin agua.

—¿Y entonces? —pregunta Mina, que recuerda lo que acaba de pensar acerca de mantener la calma e intenta permanecer en ese estado. Piensa que «todo tiene siempre una solución». Hay muchas frases que aprendió en su terapia y que debe repetir cuando siente que comienza a ponerse nerviosa.

—Tengo que ir a ver la caldera —dice el hombre antes de comenzar a bajar por la escalera—. Ya vuelvo.

—Lo acompaño —dice Mina, que quiere saber qué está pasando. También aprendió que entender las cosas le ayuda a disipar sus miedos. Comprobó que, por más que le costara dar el primer paso, el resultado final era siempre mejor que no hacer nada.

Desciende por la escalera hasta la planta baja y, una vez allí, el encargado abre la puerta que da al subsuelo. En cuanto comienzan a bajar por una escalera más angosta, Mina advierte que el lugar se ve distinto al resto del edificio. Los materiales son diferentes, todo parece más antiguo.

—Aquí está el problema —dice el encargado, que se ha detenido frente a las tuberías. Son diez en total, que, Mina adivina, son las mismas que vio en el pasillo de su piso—. Esta válvula está tapada.

Mina mira donde le indica el hombre y ve que hay un leve goteo en el tubo que va a su piso.

—¿Está seguro? —pregunta ella, dudando de la certeza con la que habla el hombre.

—Sí —responde él convencido—. Me pasó lo mismo el año pasado apenas me hice cargo de este edificio. No sabe el tiempo que me demoré en descubrir el problema, había pasado exactamente lo mismo que hoy. Ahora ya sé de qué se trata y lo puedo resolver en sesenta minutos.

—¿Qué es lo que sucede? —pregunta Mina, siguiendo con la premisa de entender para mantener la tranquilidad.

—Verás —dice el hombre, disponiéndose a dar una explicación—. Este edificio es más antiguo de lo que parece. En algún momento fue reciclado, pero los servicios siguen siendo los mismos de hace como cien años. Estas instalaciones son de la década del veinte o treinta del siglo pasado. Funcionan muy bien, pero el agua sube y el sarro queda acumulándose en esta zona. Debo cerrar el paso a este tubo, sacar la válvula, limpiarla y volverla a colocar. Como dije antes, en una hora tendrá agua caliente de nuevo. Vuelva a su apartamento que yo le aviso cuando esté listo. Ahora debo comunicar al resto de la gente de su piso del corte de agua. Debe haber sucedido recién porque nadie me ha llamado aún.

—Gracias, Walter —dice Mina, que recuerda el nombre del encargado de cuando el vecino lo llamó por el portero eléctrico.

Ella se da la vuelta para dirigirse a la escalera y salir del subsuelo cuando en el extremo opuesto del sótano ve una puerta de metal. Se ve vieja y oxidada. Se parece a la de una bóveda o la del camarote de un submarino, como las que aparecen en las películas viejas de guerra. A Mina le gustan esas películas, sobre todo las de la Segunda Guerra Mundial. A sus padres no les agradaba que viera ese tipo de películas y no le permitían hacerlo, pero una vez que se fue de su casa, se puso al tanto mirando todos los clásicos, desde *Patton* y *Tora! Tora! Tora!* hasta *La cruz de hierro*. Mina tiene debilidad por los objetos de la Segunda Guerra y aquella puerta podría ser de esa época. Se detiene y se acerca para verla mejor. Un candado grande y oxidado aprisiona la manija de rueda a una barreta de hierro que atraviesa la puerta.

—¿Crees que esta puerta sea de un submarino? —pregunta Mina extendiendo su mano para tocarla. El metal frío y húmedo le causa una fea impresión.

—No tengo idea —responde el encargado—, pero podría ser.

—¿Qué es esto? —pregunta Mina volteándose hacia el hombre, que está revolviendo herramientas en una caja.

—No lo sé —responde él alzándose de hombros—. Nadie me dijo nunca qué hay detrás de esa puerta.

—¿Y no has intentado averiguar qué hay ahí dentro? —le pregunta con curiosidad.

—No —responde él dejando la caja y acercándose a ella. Hace un gesto de negación con el dedo índice de la mano derecha—. El consejo de administración del complejo me prohibió entrar. Creo que hay cosas que es mejor no averiguar.

CAPÍTULO 3
EL ENCARGADO DESAPARECIDO

Mina sale del sótano, intrigada por la puerta misteriosa. Si es que en verdad era de un submarino, ¿qué estaba haciendo allí? Piensa que hay cosas que no se pueden ignorar. Específicamente, aquellas que están donde no deberían. Son anomalías que hacen que la mente se fije en ellas, y se hace imposible pasarlas por alto. Por desgracia, Mina no tiene forma de saber el porqué de esa puerta, así que lo mejor será que se olvide de ella.

Es por eso que, ya en la planta baja, se acerca a la entrada del edificio y mira hacia afuera. Intenta pensar en otra cosa. Está soleado. Es una hermosa mañana de septiembre y la temperatura es ideal. «Todo está bien», se repite como un mantra. Lo dice tanto cuando las cosas parecen complicarse como cuando todo marcha en orden. Es una forma de reafirmarse a sí misma que es su mente la que genera los miedos y no la realidad. Está por subir a su apartamento para sacar a Wifi del trasportín, y que empiece a reconocer el terreno, cuando recuerda que no tiene alimento para ella ni piedritas para que haga sus necesidades.

—Debo ir de compras.

Recuerda que de camino vio un supermercado a apenas tres cuadras. Piensa en ir caminando para conocer un poco el barrio, pero se da cuenta de que no tiene nada en el apartamento, ni siquiera artículos de limpieza, así que será mejor que vaya en coche. Tiene las llaves de su vehículo encima.

A la vuelta del centro de compras entra al aparcamiento y encuentra el mismo lugar que había dejado vacío. Baja del coche, abre la puerta trasera y saca una enorme caja con víveres. Cierra la puerta con la cadera y activa la alarma. Llega hasta la entrada del edificio y esta vez no hay nadie que la ayude, así que apoya la caja en el piso para abrir la puerta. La abre y la sostiene con el cuerpo mientras arrastra la caja dentro del edificio. Repite la misma secuencia para entrar y salir del elevador. Por último, ingresa a su apartamento y suspira.

—Ya llegó mami, mi amor —dice acercándose al trasportín agachándose junto a él. Un maullido lastimoso le responde—. Perdón, bonita, te traje cosas ricas.

Le abre la pequeña puerta y la gata duda un instante antes de salir. Por fin, se asoma y Mina se pone de pie. Va hasta la caja, saca el alimento y el plato que acaba de comprar. Sirve la comida en el plato y lo coloca al lado del trasportín. La gata sale tímidamente, olfatea el alimento y comienza a comer. Mina sonríe y vuelve a la caja. Saca las piedritas y un recipiente de plástico. Lucha con la bolsa para abrirla y, cuando lo logra, llena el recipiente. Echa un vistazo a su alrededor para decidir dónde ubicar la caja plástica.

—Por supuesto —dice cuando lo piensa—. El baño.

Pone ahí el recipiente y luego mira el grifo.

—A ver —dice Mina mientras estira la mano para abrir el agua caliente. Ni siquiera sale una gota—. Todavía debe estar Walter trabajando.

Mina sale del baño y la ve a Wifi comiendo. Siente hambre. Vuelve a la caja y agarra un paquete de galletitas. Luego acomodará en la alacena los fideos, el arroz, la sal y el aceite. También compró una olla, un plato y cubiertos. Empieza de cero. Recuerda que todo lo que tenía se quedó en su anterior apartamento, en el que vivía con su novio. No se arrepiente de haberse marchado de esa manera.

Cuando decidió irse, no se llevó nada consigo. Quería demostrarse a sí misma que podía resolver las cosas sin ayuda de nadie. Ya había retrasado varios años su independencia, era momento de llevarla a cabo. Sucedió que un día viernes, trabajando desde su casa, vio que su novio había ido a su oficina, donde se desempeñaba como asistente de un abogado, pero dejó olvidado el móvil. Podría haber llamado a su trabajo para avisarle, pero recordó que al jefe de su novio no le gustaba que hablara por teléfono en horario laboral, así que decidió no llamarlo. Lo único que hizo entonces fue dejar el móvil a la vista sobre la mesa y esperar a que su novio la llame o regrese a buscarlo. En un momento dado, el aparato sonó. Ella, que estaba cerca, vio que en la pantalla aparecía un mensaje: «Te estoy esperando».

El mensaje estaba a nombre de Mary.

«Ya pedí tu café favorito, apúrate que te extraño».

Mina leyó el mensaje y se quedó desconcertada. No sabía la contraseña del teléfono, así que no pudo ver la conversación completa, pero esos dos mensajes eran suficientes para imaginar de qué se trataba y hacer que su ansiedad se disparara. Se le aceleró el corazón y comenzó a faltarle el aire. No sabía cómo actuar, si se quedaba allí sola esperando a que el muchacho vuelva, corría el riesgo de tener un ataque de pánico. Lo único que atinó a hacer fue llamar a Diana, su madre. La mujer llegó enseguida a su apartamento, sabía que cuando Mina sufría esos episodios, era mejor estar a su lado hasta que se calmara. Mina ya había tomado su medicación y había logrado mantener bastante el control. Le explicó lo que pasaba entre sollozos.

—¿Sabes quién es esa Mary o dónde pueden estar? —le preguntó Diana sin mostrar ninguna emoción, como si estuviera haciendo un cálculo matemático.

—No sé quién es Mary —respondió Mina—. Pero su bebida favorita es un café que siempre toma en una cafetería del Centro.

—Vamos para allá —dijo Diana decidida, y tomándola del brazo, la llevó en su coche hacia el lugar. Mina no opuso resistencia, confiaba en la capacidad de su madre para actuar en situaciones límite.

Se detuvieron frente a la cafetería y bajaron. Se asomaron por la ventana y vieron que al fondo del local, en el rincón más oculto, estaban sentados su novio y una chica. Él la tomaba de la mano y ambos sonreían. Mina se mantenía paralizada, mirando la escena. Podía ver en la mesa, incluso, el café que tanto le gustaba y que ella misma le había hecho probar. En ese momento, su novio se estiró sobre las bebidas y besó a la tal Mary. Mina comenzó a respirar de manera acelerada. Diana la miró y le habló con firmeza.

—Puedes quedarte ahí parada y entrar en pánico, o ir hasta donde está ese cretino y patearle el trasero. ¿Qué harás?

En ese momento, a Mina le pasaron muchas cosas por la mente. Sabía del coraje de su madre adoptiva, ya que, si bien sus recuerdos eran borrosos, lo único de lo que se acordaba era de la valentía de Diana, que siempre estuvo a su lado y se había jugado la vida por ella. Al verle los ojos a su madre en ese momento, supo que debía tomar una decisión que podría cambiarle la vida. Si permanecía sin hacer nada, sería muy difícil que pudiera volver a caminar con la cabeza en alto. Ella no era culpable de lo que estaba haciendo su novio, pero sería responsable si se quedaba lamentándose, en el lugar de víctima, en vez de seguir adelante y continuar con su vida. Volvió a mirar a su novio, agarrado de las manos con esa zorra, y la furia le ganó al miedo. Mina abrió la puerta de la tienda y entró. Diana la siguió unos pasos atrás. Mina se acercó a la mesa y los ojos de su novio se abrieron grandes al verla. Le dijo algo que ella no llegó a oír. Mina se detuvo junto a la mesa y los miró. Luego vio el café. Recogió la taza, volvió a mirar a su novio y le arrojó el café a la cara. Después se dio media vuelta y salió de la cafetería, seguida por Diana. Mina no sabía si esa acción le cambió la vida, pero estaba segura de que no se habría mudado a Monterrey, valiéndose por sí misma, si no hubiera reaccionado de esa manera.

Suena el timbre y Mina vuelve al presente. Va hasta la puerta y observa por la mirilla para ver quién es. Es el encargado. Le abre.

—Hola, Walter.

—Hola, señora —contesta el hombre—. Quisiera probar el agua.

Mina se hace a un lado y lo deja entrar. Walter camina directo al baño y abre el grifo. Se escucha un ruido extraño y sale un borbotón de agua oscura. Luego no sale nada y se escucha otro ruido. Recién entonces comienza a salir el agua de manera normal y rápidamente deja de tener un color oscuro para volverse transparente.

—Ya está funcionando bien —dice el encargado mientras camina hacia la salida—. No va a tener más problemas.

—Gracias, Walter —dice Mina mientras vuelve a abrirle la puerta. En ese momento, le viene a la mente otra puerta, aquella de metal que vio en el sótano—. Te hago una consulta.

—Sí, claro —contesta él.

—Me quedé intrigada con la puerta de metal del sótano. ¿No le preguntaste al encargado anterior si sabía algo?

—¿Al anterior encargado? —repregunta el cómo si la pregunta de Mina no tuviera sentido.

—Sí —contesta ella.

—No —le explica él—. No llegué a conocerlo —dice, y luego se le acerca un poco y, bajando el tono de voz, prosigue —. El hombre, según me contaron algunos vecinos, desapareció sin dejar rastro.

CAPÍTULO 4
LA PUERTA MISTERIOSA

—Hola, mamá. Llegué bien.

Mina cumple con lo prometido. Le manda un wasap a su madre, avisándole de su llegada. Tendría que haberlo hecho antes, pero el problema con el agua caliente la detuvo. No quería preocuparla ni tener que dar explicaciones, así que prefirió que la situación se normalizara para mandar el mensaje tranquila.

Antes de escribirle, había escaneado el código QR del módem, así que ya tenía conexión a internet y podía comenzar a trabajar con su ordenador. En realidad, eso era lo primero que hubiera hecho si es que no sucedía lo de las tuberías. Pero ahora sí, solucionado lo indispensable, podía comenzar a encargarse de los detalles. Mira su portátil y se da cuenta de que debe conectarlo, hace varias horas que no está enchufado y tiene poca batería, además, debe configurar el wifi. Sin embargo, había decidido tomarse un par de días antes de retomar el trabajo, por lo que el ordenador podía esperar un poco más. Tenía demasiadas cosas que hacer para instalarse, prefería evitar las presiones y tomárselo con calma.

De cualquier modo, si surgía algo que atender rápido, tenía el teléfono para enterarse. No terminaba de pensar en eso cuando el teléfono suena.

—¿En serio? —dice pensando que era del trabajo, pero cuando ve el identificador de llamadas, advierte que es su madre. Atiende.

—¿Qué pasó que tardaste tanto? —le pregunta Diana en un tono de reproche.

—Es que había un problema con el agua caliente —responde Mina sin querer entrar en detalles—, pero ya se solucionó. Además, tuve que ir a comprar algunas cosas. Ahora que ya terminé con lo más urgente, te pude avisar tranquila.

—¿El apartamento está bien? ¿El barrio?

—Sí, mamá —contesta Mina sin muchas ganas de hablar, pero entendiendo que es parte de su responsabilidad como hija tranquilizar a su madre—. Es todo muy lindo.

—Mañana te llegará el refrigerador —dice Diana cambiando de tema.

—No, mamá —responde Mina, resoplando—. Te dije que no necesitaba nada.

—No te quejes —la regaña Diana como si todavía fuera una niña—. Es un regalo que te hacemos con tu padre.

—Bueno, gracias —contesta Mina, sabiendo que ya está hecho y no ganaría nada iniciando una discusión.

—¿Ya tienes una cama? —pregunta Diana.

—Me llega mañana —miente Mina, no quiere que sus padres le compren también una cama. No se puede ser independiente y depender de otros al mismo tiempo—. Esta noche duermo en la colchoneta, pero mañana tengo cama nueva.

—Bien. ¿Qué más necesitas? —indaga Diana.

Mina mira a su alrededor y ve el lugar vacío. Está sentada en el piso, apoyada contra una pared.

—No necesito nada, mamá —vuelve a mentir—. No te preocupes, estoy bien equipada.

—¿Sillas, mesa, vajilla? —insiste Diana, que no acaba de creer la respuesta de su hija. La conoce bien.

—No —responde Mina ya cansada—, ya tengo lo que necesito y el resto está en camino.

—Me alegro, hija —concluye la madre—. En cuanto podamos, iremos a visitarte.

Mina se pone en alerta. No quiere que vengan, y menos de sorpresa. Pero sabe que su madre ha sido siempre sobreprotectora y, si bien no la culpa, ya que su historia lo justifica, ella ya es una adulta y necesita privacidad.

—Te avisaré cuando puedan venir —dice Mina sin dar lugar a que la contradiga—, déjame acomodarme bien. Hasta pronto, mamá.

Diana se despide y Mina se mete de inmediato en eBay. No le gusta mentirle a su madre, así que busca una cama económica que llegue al día siguiente. De ese modo, siente que no mintió, solo se adelantó en el tiempo.

—Tarea cumplida, Wifi —le dice a la gata luego de comprar la cama. Wifi ni siquiera la mira, está echada sobre sus piernas—. Necesitamos también una silla.

Mina mira a su alrededor y hace un recuento.

—El refrigerador ya está, la cama ya está, y para cocinar, ya tengo. Me falta una silla y una mesa.

No sabe si comprarlas *online* o volver al centro de compras y resolverlo hoy mismo. No se decide, así que prefiere distraerse un rato. No ha parado desde que salió de la casa de sus padres, muy temprano, y merece relajarse un poco. Recoge su teléfono, que lo había dejado a un lado en el suelo y se pone a mirar TikTok. El algoritmo de la aplicación le muestra videos de conspiración, es lo que ella acostumbra a consumir. La psicóloga le había dicho que dejara de ver esas cosas, ya que estimulaban sus delirios persecutorios. Pero Mina no hace caso. Tal vez por sentir que su propia vida ha estado ligada a secretos y conspiraciones o, simplemente, porque esos temas le parecen interesantes es que ella sigue viendo ese tipo de material como entretenimiento. Entre los videos que le muestra la aplicación, aparece uno del Titanic. En el informe se enumeran todas las rarezas que rodearon a aquel accidente, pero no es eso lo que le llama la atención. Cuando observa las imágenes y ve las puertas del barco hundido, le viene de repente el recuerdo de la puerta que vio en el sótano. ¿Sería realmente la puerta de un submarino? Deja TikTok y busca en Google «puerta de submarino». Le aparecen imágenes que, le queda claro, son muy similares a la puerta que vio allí abajo. Clica en una de ellas, la que encuentra más parecida, y cuando se abre otra ventana, advierte que no se trata de un submarino, sino de un barco. Ella no sabía que los barcos también tenían esa clase de puertas. Investiga un poco más, no hay mucha información al respecto, pero encuentra que esas puertas se utilizaban en barcos de principio del siglo XX, cuando ya los barcos de metal empezaban a ser algo más común.

—¿Qué hace la puerta de un barco antiguo en el sótano? —se pregunta Mina en voz alta—. Estamos cerca del mar, así que podrían haberla recuperado de un naufragio o de un barco abandonado. ¿Pero por qué le prohibieron al encargado abrirla? ¿Qué podría haber al otro lado?

Mina piensa en las posibilidades y se le ocurren muchas cosas, incluso algunas muy tenebrosas, pero concluye que no necesariamente debía tratarse de algo turbio. Podría ser un lugar donde guardaban el dinero, una especie de bóveda, como le había parecido al principio. Sin embargo, había algunos datos que le seguían generando dudas.

—¿Sabría algo el encargado anterior? ¿Habrá desaparecido por eso? ¿Tú qué crees, Wifi?

La gata está dormida y no reacciona, apenas mueve las orejas, pero nada más.

—Bueno, Wifi —añade Mina—. Veo que no te interesan los misterios. Voy entonces a comprar una silla y vuelvo.

CAPÍTULO 5
EL ANCIANO

MINA VUELVE del centro de compras con su silla. Patas de madera, con asiento y respaldo de plástico. Apilable, porque tuvo en cuenta que más adelante compraría un par más para cuando vinieran a visitarla sus padres, quizás cuatro en total. La mesa, sin embargo, era demasiado grande y pesada para traerla ella misma. Tampoco sabía si entraría en el coche, por lo que prefirió esperar y comprarla más tarde en línea. Si lograba que le llegara al mismo tiempo que el refrigerador y la cama, aquel apartamento vacío sería para mañana algo parecido a un hogar. Estuvo viendo también una mesita de noche para colocar junto a la cama, pero decidió que para eso esperaría, no había apuro.

Esta vez no consigue un lugar tan cerca de la entrada al edificio como las veces anteriores. Está anocheciendo y el *parking* comienza a llenarse de vehículos. Era extraño que hubiera tan poco movimiento más temprano.

«La gente está regresando del trabajo», se dice mientras baja la silla que había logrado meter sobre los asientos traseros, no sin dificultad. Además trae una bolsa grande con más cosas para la casa, entre estas, un almohadón para Wifi y una almohada para ella. Bastante incómodo será pasar su primera noche en la colchoneta sobre el suelo. Una cosa es utilizarla para practicar yoga y algo distinto usarla para dormir, al menos, con una almohada estará mejor.

Cierra el coche, apoyando la bolsa sobre la silla y observa como el paisaje va cambiando a medida que oscurece. Las montañas a la distancia pasaron a ser una muralla negra recortada contra un cielo celeste rojizo. Aunque se halla a más de dos kilómetros del mar, una brisa fresca comienza a llegar desde allí. Se siente bien y cree que este podría llegar a ser su hogar. Tal vez sea algo prematuro, pero está contenta con su decisión de haber venido a Monterrey y de haber elegido este complejo para vivir. Más allá del incidente del agua, parece que todo funciona bien. El lugar está limpio, internet anda bien y, hasta ahora, las personas que ha conocido han resultado muy amables. Por otro lado, ella misma viene sintiéndose bien, sin ningún ataque de ansiedad ni nada de qué preocuparse. Empieza a sentir que quizás haya superado esa etapa y que la confianza en sí misma empezaba a crecer. Está segura de que el cambio de ciudad le ha beneficiado y piensa que, a veces, hasta las cosas malas pueden hacer bien. Si no hubiera sido engañada por su novio, o no lo hubiera descubierto, seguiría dependiendo del apoyo y la contención de otros. Mina piensa que crecer puede ser doloroso, pero ese dolor también era necesario.

Camina hasta la entrada con la silla y la bolsa a cuestas. Mientras se acerca, puede ver a un anciano que avanza ayudado por un bastón y carga una bolsa de supermercado. Es un hombre delgado y calvo, tiene una chaqueta gris y pantalones marrones. Se nota que le cuesta llevar ese peso. Mina piensa que podría ser su abuelo. Ella nunca conoció a sus abuelos biológicos. Sí conoce a la madre de su padre, una mujer a la que ama, pero no sabe nada de los verdaderos abuelos, algo sobre lo que sus padres guardan un gran hermetismo. Ella ha respetado la decisión de su madre de no hablar del tema, pero tarde o temprano tendrán que sentarse y hablar.

Mina vuelve a mirar al anciano y se apura a llegar hasta él.

—Espere, por favor —le dice—. Yo lo ayudo.

La joven vuelve a apoyar la silla en el suelo y a poner la bolsa encima. Abre la puerta con sus llaves y la sostiene para que pase el hombre.

—Muchas gracias, señorita —dice el anciano, que a paso lento cruza el umbral.

Una vez que el hombre ha entrado, ella sostiene con un pie la puerta y mete sus cosas dentro. Luego recoge la silla y se apresura otra vez a adelantarse al anciano. Llama al elevador. La cabina llega y se abre.

—Suba usted primero —dice Mina con una sonrisa—. Yo espero al siguiente porque llevo muchas cosas.

—Por favor —responde el hombre—, sube tú también. Entramos los dos.

—Muchas gracias —responde Mina y, una vez que entra el anciano, pasa ella y acomoda la silla con la bolsa a su lado—. ¿A qué piso va?

—Al segundo —le contesta y ella presiona el botón—. ¿Eres nueva aquí?

—Sí —responde Mina—, es mi primer día.

—Bienvenida —le dice el hombre mientras el elevador se detiene y se abre la puerta.

El anciano sale lentamente y la puerta comienza a cerrarse. Cuando está por hacerlo, y Mina presiona el botón del piso uno, la puerta se frena de golpe porque el bastón del anciano se interpone en su movimiento. Ella se sobresalta, y al abrirse la puerta, ve el rostro del anciano que la mira fijo. Recién ahora ve que sus ojos son profundamente negros.

—Ten cuidado, niña —dice el hombre con seriedad y sin pestañear—. Hace muchos años que vivo aquí y he visto demasiadas cosas raras. No salgas de noche y cierra bien tu puerta. Sobre todo si sientes algún tipo de vibración.

El sujeto saca el bastón y la puerta se cierra. El elevador comienza a bajar y Mina se queda petrificada. No entiende lo que acaba de suceder. Ya en su piso, la puerta se vuelve a abrir y ella sigue sin moverse. Recién cuando la puerta empieza a cerrarse, Mina reacciona y aprieta el botón para que se vuelva a abrir. Levanta la silla con la bolsa como si no pesaran nada y sale casi corriendo. Rápidamente va hasta su puerta, la abre y, luego de mirar hacia los costados, se mete y cierra tras de sí. Deja la bolsa en el suelo y se sienta en la silla. Se lleva la mano al pecho y respira profundo. Su corazón se ha acelerado. Trata de calmarse. Se concentra en la respiración como le había enseñado su profesora de yoga.

—¿De qué estaba hablando ese hombre? —se pregunta en voz alta y Wifi se le acerca maullando. La gata se frota contra su pierna derecha y eso le ayuda a tranquilizarse—. ¿Qué cosas raras puede haber visto? ¿Y a qué se refirió con lo de las vibraciones?

Mina siente que se apresuró a pensar que ese sitio podría convertirse en su hogar. Piensa que puede haber algo oculto que no ha sido capaz de ver, algún peligro que ni siquiera su vecino anciano se atreve a nombrar. Sabe que su condición psicológica la empuja a ver fantasmas donde no los hay. Pero lo que le dijo su vecino fue muy claro, «pasan demasiadas cosas raras». No había forma de malinterpretar sus palabras, le estaba advirtiendo de algo.

CAPÍTULO 6
LA REUNIÓN

EL REFRIGERADOR LLEGÓ por la mañana, temprano. Mina quería ir al súper para abastecerlo, pero tuvo que quedarse en el apartamento. Todavía no habían llegado la cama ni la mesa, así que debía permanecer allí a esperarlas.

Cuando tocaron el timbre para entregarle el electrodoméstico, Mina bajó a recibirlo con precaución. Sin darse cuenta, las palabras que el anciano le dijo el día anterior activaron esos miedos que había logrado manejar hasta el momento. Ya por la noche había dormido mal, no solo por la incomodidad de acostarse en el suelo sobre la colchoneta, sino por las pesadillas que tuvo, las que no llegaba a recordar por completo. Había soñado que la perseguían, pero no sabía quién ni por qué. No era la primera vez que tenía ese tipo de pesadillas, era más bien algo habitual pero que tomaba distintas formas. Sin embargo, lo que se repetía siempre era lo mismo: la persecución. Esta pesadilla le anunciaba que estaba empezando a perder el control, y aquello la frustraba. Estaba decidida a vencer sus temores y cada recaída era como un golpe a su autoestima. Estaba claro que aún había cosas que no lograba superar, y lo único que podía hacer era manejarlas de la mejor manera posible. Fue por eso que le pidió al hombre que traía el enorme paquete que se identificara. El hombre la miró, extrañado.

—Mi credencial es el refrigerador, señora —le dijo el hombre, molesto, pero sin sorprenderse. Estaba acostumbrado a encontrarse con actitudes disparatadas de la gente y el pedido de Mina entraba en ese marco—. ¿La quiere o no?

Ella hubiera preferido que aquel hombre, que era más alto y pesado que el promedio, dejara, por seguridad, el aparato en la entrada del edificio. Pero si hubiera hecho eso, ella no hubiera tenido forma de subirlo. Fue por eso que se vio obligada a dejarlo pasar y que lo llevara hasta el apartamento. Dejó la caja en la sala. Una vez hecho, tuvo que acompañar al hombre hasta la salida. Cuando subieron, con la excusa del enorme envío, lo hicieron en elevadores diferentes, pero al bajar, Mina tuvo que hacerlo junto con el hombre. Optó por usar la escalera y lo hizo rápido para no quedarse a solas con el pobre hombre, quien, advirtiendo la actitud temerosa de Mina, no hizo más que menear la cabeza y despedirse. Mientras lo miraba irse, recordó que tendría que pasar por esto dos veces más ese día. Esperaba poder manejarlo mejor, estar más tranquila.

Luego de volver al apartamento, estuvo un rato largo desarmando el paquete. Lo hizo con cuidado para no rayar ni abollar su contenido. Cuando el refrigerador estuvo en su lugar, se sintió satisfecha. Le escribió a su madre, agradeciéndole el regalo, e incluso le mandó una foto. No le costaba nada hacerlo y sabía que Diana estaría contenta; no estaba de más ser agradecida.

Por más que quiso, Mina no pudo olvidar las palabras del

anciano que tanto la movilizaron. Es por eso que, mientras espera que le lleguen el resto de las cosas, piensa en cómo frenar esa línea de pensamientos que, sabe, terminará llevándola a un ataque de pánico.

«Puedes quedarte ahí y entrar en pánico, o ir hasta donde está ese cretino y patearle el trasero». Las palabras de su madre habían quedado grabadas en la mente de Mina como una máxima irrefutable. Gracias a eso, está segura de que algo debe hacer, que no puede quedarse de brazos cruzados esperando que sus miedos crezcan hasta abrumarla. Al no saber qué hacer, se decide por lo obvio, buscar en internet. Guglea acerca de la zona del complejo. Busca datos sobre la inseguridad. Pone distintas palabras clave: violación, robo, secuestro y asesinato. No aparece nada destacado. Hubo algunos robos en los últimos años, pero nada que difiera o destaque sobre cualquier otra zona. Al contrario, resulta ser un barrio muy tranquilo, ni asesinatos, ni violaciones, nada. Las palabras del anciano parecen no tener ningún fundamento. Mina piensa que no puede guiarse por lo que le diga cualquier desconocido. Si bien el hombre parecía muy seguro de lo que decía, le era imposible saber si estaba sufriendo de demencia senil o si simplemente le gustaba asustar a la gente. Entonces, piensa que a veces las personas muy mayores confunden los tiempos, quizás le estaba advirtiendo por algo que había pasado décadas atrás. Sea cual sea el caso, ella trata de racionalizar la situación y convencerse a sí misma de que no tiene nada que temer. La zona es segura, no hay nada que le sugiera algo distinto, y no debe dejarse llevar por sus miedos. Pese a esto, sigue buscando en internet, por las dudas, y encuentra que hace tres años desapareció un indigente. Esto es lo más grave ocurrido en los últimos tiempos y, claramente, no tiene nada que ver con ella. Decide entonces dar por cerrado el tema.

—Estamos bien, Wifi —le dice a la gata, que la mira desde arriba del refrigerador, está investigando el nuevo artefacto—. El barrio es seguro y no hay nada de que preocuparse. No debemos prestarle atención a un viejo loco.

El móvil le avisa que tiene un nuevo *e-mail*. Mina espera que no sea por trabajo, su actividad es bastante flexible y está pensando en tomarse un par de días más de los que tenía planeados, pero si surge algo urgente, no puede mirar para otro lado. Revisa entonces de qué se trata y ve que es un mensaje de la administración del complejo. Lo abre y ve que es un aviso con el monto de la cuota mensual. Piensa que es bueno que se lo comuniquen con tiempo para poder organizarse con el dinero, ya que, con el tema de la mudanza, está un poco más ajustada de lo normal. Sigue leyendo el correo y, al final, en un apartado pequeño, se entera de que se realizará una reunión de la comunidad para tratar temas de mantenimiento del complejo. Se pregunta si debería ir, nunca ha participado en una reunión de este tipo, no estaría mal ver qué es lo que sucede en esos encuentros. En todo caso, si ve que no sirve para nada, no volvería a ir. Lee un poco más para ver cuándo se llevará a cabo y descubre que se realizaría hoy mismo, en unas horas. Le parece raro que, a diferencia de lo que hacen con la cuota, esto lo avisen con tan poco tiempo, pero bueno, tal vez haya sido algo de último momento. De todos modos, aunque tarde, se enteró, y quizás allí averigüe algo sobre la seguridad del complejo. Por más que quiera evitar el tema, es más fuerte que ella. Incluso podría preguntarle a alguien por la puerta del sótano, eso sería bueno. Se sorprende a sí misma volviendo a ese tema.

«¿Qué necesidad?», se pregunta al comprender que sigue buscando fantasmas. Se quiere justificar, repitiéndose que entender es la mejor forma de perder el miedo, pero sabe que es una excusa. Allí no hay ningún miedo que desbaratar, se trata de pura curiosidad.

—¡Wifi! —llama a la gata, que ya ha bajado del refrigerador y ahora examina los restos del empaque, que se encuentran en la sala—, no debemos ser metiches.

CAPÍTULO 7
UNA REUNIÓN TENSA

La cama y la mesa llegaron casi juntas, ambas embaladas y listas para armar. Primero le entregaron la cama con el colchón, ambos los compró por internet en el mismo lugar. Otra vez fue necesario que llevaran las cosas hasta el apartamento y Mina repitió la estrategia que utilizó con el refrigerador, subió por otro elevador y bajó por la escalera. Cuando volvió al apartamento, miró las maderas, el colchón y los tornillos.

—¿Esto cómo se hace?

Buscó si en algún lado venían las instrucciones, pero no las encontró. Miró de nuevo el colchón, si no lograba armar la cama, al menos tenía ya un colchón para dormir cómoda esta noche. Era un avance.

—Si no hay instrucciones, no debe ser tan difícil.

Mina se sentó en el suelo, sacó los tornillos de la bolsa y encontró entre ellos una pequeña llave. Vio que los tornillos venían con unas tuercas que encastraban justo en los orificios de las maderas.

—Ahh...

Comprendió cómo se hacía, pero cuando se disponía a empezar, sonó de nuevo el timbre. Había llegado la mesa. Otro paquete que abrir y luego a armar. Esta vez la mesa no era tan grande ni pesada, así que la subió ella misma y la dejó en la sala.

Otra vez se sienta Mina en el suelo, ha decidido que la mesa puede esperar y se concentra en la cama. Escucha un ruido y ve a la gata rascando el plástico que recubre el colchón.

—Deja eso, Wifi —le dice y la gata obedece.

Mina piensa que tal vez pueda encontrar las instrucciones para armarla en internet y toma su teléfono. Cuando desbloquea la pantalla, ve la hora: son las cinco y media de la tarde. Se acuerda de que la reunión de la comunidad del complejo se realizaría a las cinco en un salón que hay en la terraza del complejo. Se había olvidado. Piensa que tal vez no tenga ningún sentido que vaya una vez empezada la junta y tampoco tiene muchas ganas. Sin embargo, decide hacerlo, es una buena oportunidad tanto para conocer el lugar como a sus vecinos. De paso, pospone el armado, lo que ve como una tarea casi imposible. Así que deja todo como está, desparramado en el suelo, y sube a la terraza.

Cuando llega, abre una de las dos puertas, la que tiene un vidrio esmerilado por el que entra la luz del sol. Sale a la terraza. Puede ver que el paisaje es bellísimo. Monterrey es una ciudad con pocos edificios altos, por lo que desde allí se puede ver hasta el mar a lo lejos. De todos modos, no es la vista lo que le interesa en ese momento. Se da vuelta y mira los ventanales que dan a la sala de reuniones. Dentro puede ver diez personas sentadas alrededor de una mesa larga. Algunas la miran. Se acerca a uno de los ventanales y lo abre. Ahora todos la observan con seriedad.

—Buenas tardes —saluda Mina—. Es la reunión de la comunidad, ¿verdad?

—Sí —responde la mujer que está sentada en la cabecera. Tiene unos sesenta años y usa un vestido floreado muy llamativo—. ¿Tú quién eres?

—Soy Mina. La nueva inquilina del primero C.

Las personas allí reunidas se miran entre sí.

—¿Necesitas algo? —pregunta la mujer al ver que Mina camina hacia una silla.

—Vine a presenciar la reunión —responde Mina y se detiene porque percibe que tal vez haya algún inconveniente —. ¿Se puede?

La mujer duda un momento y mira a sus compañeros, que parecen un poco desconcertados.

—Sí, por supuesto —responde la mujer luego de pensarlo un segundo—. Toma asiento.

La joven llega a una de las dos sillas que hay vacías a un costado de la mesa, como si no se esperara a nadie más en la reunión, y se sienta.

Luego de un incómodo silencio, la gente vuelve a hablar.

—Habrá que aumentar el dinero destinado al refugio —dice un hombre de cabellos blancos de también alrededor de sesenta años—. Hay que preparar más comida y salir a la calle como se hizo en los noventa, es la única forma de atraer más gente.

—Sí, Brian —dice una mujer de lentes al otro lado de la mesa—. Es hora de que… —continúa, pero se detiene un instante como midiendo sus palabras mientras mira de reojo a Mina—. Es hora de que el refugio vuelva a funcionar como hasta hace tres años. Hay cada vez más indigentes en la calle que necesitan nuestra ayuda.

—Con relación a esto, señora Murray —dice el hombre de

cabello blanco—. Más allá de lo que suceda con el refugio, la cuota de este año todavía está lejos de cumplirse.

—No creo que este sea el momento de hablar de eso, señor Harrison —dice la mujer de la cabecera mirándolo fijo—. No estoy segura de que debamos seguir con esa… tradición. Tal vez haya que replantearse la necesidad de continuar con eso. Pero le repito, hoy no se puede hablar de ello.

—¿Qué está diciendo? ¿Se ha vuelto loca? —continúa el señor Harrison alzando el tono de voz.

Mina se sorprende por la agresividad con la que se tratan. Tampoco entiende de qué están hablando y los mira, tratando de dilucidar a qué se refieren.

—Esa es su principal responsabilidad como presidente del consejo —prosigue el señor Harrison—. ¿Cómo que replantearse? Aquí no hay que replantear nada, y usted tiene que hacer lo que tiene que hacer, no puede seguir demorando esto.

—Le dije, señor Harrison —responde la mujer, que también comienza a hablar fuerte—, que no es momento para hablar de eso.

—Me importa una mierda quién esté escuchando. —El hombre ya habla a los gritos y Mina piensa que tal vez se esté refiriendo a ella—. Parece que no entiende lo que está en juego, no puede perder más tiempo.

—Es verdad, Rose —dice la mujer de lentes que había hablado antes apoyando al señor Harrison—. Esto se ha hecho siempre así y ha funcionado bien. Por el contrario, cuando no se ha hecho, hemos sufrido las consecuencias. Estamos muy retrasados y puede ser peligroso para la comunidad. Debes ponerte al día.

—No solo para la comunidad, Vilma, tú lo sabes —le dice Harrison a la mujer de lentes totalmente ofuscado. Luego se vuelve a dirigir a la señora Murray—. Si no hace lo que corresponde, nos obligará a suspenderla del consejo junto con sus beneficios.

—No es necesario que me amenace —responde la señora Murray, poniéndose de pie—. Por hoy ya es suficiente, así no se puede seguir. Doy por terminada la reunión.

La mujer se levanta y sale del salón. El resto murmura. Varios miran a Mina y se hacen señas.

—Sigamos abajo —dice Harrison y todos se marchan.

Mina permanece sentada, no se mueve. No entiende lo que ha sucedido, pero la tensión se siente en el aire. Mira a su alrededor. Por el ventanal, ve que el sol comienza a bajar y recuerda las palabras del anciano: «Hace muchos años que vivo aquí y he visto demasiadas cosas raras».

—Esto ha sido raro.

CAPÍTULO 8

RESPIRA PROFUNDO, NO PASA NADA

Mina baja luego de quedarse sola en el salón. Llega al apartamento y se enfrenta con la cama desarmada en su habitación. Se sienta en el suelo y pone manos a la obra, no lo puede retrasar más.

—No es tan complicado —se dice a sí misma—. Son solo tres partes y ocho tornillos. ¿Qué tan difícil puede ser?

Mientras intenta insertar dos tornillos en la cabecera de la cama, piensa en lo que pasó hace apenas un rato. No entendió nada de lo que hablaron en los pocos minutos que presenció la reunión. La discusión entre el señor Harrison y la señora Murray fue intensa. Por más que piensa en las palabras que escuchó, no logra ponerlas en contexto. Parecería ser que la señora Murray está retrasada con alguna cuota, tal vez impuestos, que el complejo no haya pagado. La mujer de lentes, a quien llamaron Vilma, dijo que ese retraso puede poner en peligro a la comunidad. Quizás haya una deuda muy grande de impuestos que pueda conducir a un embargo por parte del Gobierno o a una suspensión de servicios.

Mina deja un instante lo que está haciendo y revisa en su

móvil. Busca el correo de la administración del complejo. Lee con detenimiento los ingresos y egresos, activos y pasivos, pero no encuentra ninguna deuda grande. Al menos, nada que podría poner en riesgo al complejo de ninguna manera. Lo que sí aparece es una donación para un refugio de indigentes. Esta era otra parte de la reunión que Mina quería comprender. Se había hablado del refugio como si fuera parte del complejo. Probablemente la junta de vecinos apadrinaba ese refugio mediante donaciones e intervenía en la dirección del mismo. Sin embargo, no aparece nada que indique sobre qué se trató la discusión.

Mina deja el teléfono en el suelo y continúa armando la cama. Piensa que tal vez el encargado le pueda decir algo acerca de lo que está sucediendo. Cuando lo vea, le preguntará al respecto. Aprieta el último tornillo y ya está, la cabecera quedó unida a la base. Ahora debe adosar a la base el otro extremo. Ya sabe cómo hacerlo, así que lo hace aún más rápido que la primera parte. Se pone de pie y observa su obra de arte, satisfecha.

—Ahora el colchón.

Solo le falta poner el colchón, para lo que debe sacarle el plástico que lo protege. Una vez que se lo saca, utilizando un cuchillo, ya que tampoco tiene tijera, coloca el colchón en su lugar y se recuesta.

—Bien —dice mientras pasa las manos, sintiendo la textura bajo su cuerpo.

Recién entonces se da cuenta de que no tiene ni sábanas ni colcha. Hoy ya era tarde, mañana comprará lo que le hace falta. Se sienta en la cama y advierte que está sintiendo hambre. Se levanta para ir a la cocina, pero primero recoge el plástico que recubría el colchón. Lo hace una gran bola y, cuando llega al comedor, ve contra una de las paredes el enorme empaque de cartón que traía el refrigerador. Debe deshacerse de todo eso. Prefiere sacarlo del apartamento ahora, para echarlo a la basura, antes de que se haga más de noche. «No salgas de noche y cierra bien tu puerta», las palabras del anciano le siguen resonando. Ya había llegado a la conclusión de que el viejo estaba loco, pero aun así seguía pensando en lo que le había dicho.

—Debo salir igual —se dice, tratando de reafirmarse a sí misma que no debe tener miedo.

Es así que dobla el cartón hasta lograr que tenga un tamaño manejable. También agarra la bola de plástico y, como puede, sale del apartamento. Debería apoyar parte del cartón en el piso del pasillo para llamar al elevador, pero prefiere no hacerlo, mejor bajará por la escalera. Desciende paso a paso por los escalones con precaución, no sea cosa que se tropiece. Afortunadamente, no se le cae nada. Ya en la planta baja, abre la puerta de calle y rodea el edificio. Llega a donde se hallan dos grandes botes de basura, pero están llenos. Así que apoya los cartones y el plástico en el piso junto a uno de ellos. Luego regresa y entra a la recepción del edificio. Estaba por subir por la escalera, pero se detiene porque algo le llama la atención. Ve que se asoma una luz por debajo de la puerta que da al sótano. Piensa que quizás se encuentre allí el encargado, podría avisarle que dejó los cartones junto a los botes. Incluso podría preguntarle sobre la deuda de la señora Murray, si consigue sacarle el tema.

Se acerca despacio y pone la mano en el picaporte. Escucha voces y arrima el oído a la puerta. Reconoce la voz. Es Vilma, la mujer de lentes.

—Debes convencerla —dice esta—. Sé que no se llevan bien, que están peleados, pero puedes hacerlo.

Mina supone que Vilma le está hablando al señor Harrison, no cabe duda de que están peleados.

—Rose no lo dice abiertamente —prosigue Vilma—, pero

piensa que lo que hacemos es una locura, una superstición sin sentido. Está equivocada y tú lo sabes. Debe cumplir con la cuota cuanto antes. Si no lo hace, sufriremos las conse…

Mina se aproximó mucho a la puerta y, sin querer, la pateó. La mujer dejó de hablar de repente y Mina contiene una exclamación. Escucha ruidos, alguien está subiendo. Ella da un paso atrás. Ve una sombra por la rendija bajo la puerta y se apresura a llegar a la escalera. Escucha que la puerta se abre, pero ella ya está subiendo. No sabe si alguien viene detrás y, apenas llega a su piso, corre hasta el apartamento. Abre la puerta y entra. La cierra y apoya la espalda contra ella. Su corazón late acelerado, su respiración suena a jadeo. Siente que el aire no le alcanza y camina hasta la ventana: está abierta. No se atreve a asomarse, así que se queda oculta a un costado, intentando respirar profundo.

—No pasa nada.

Se dice mientras se sienta en el suelo con la espalda contra la pared. Con lentitud, se acerca Wifi para frotarse contra su mano. Ella la levanta y la abraza. La gata se deja.

—No pasa nada, Wifi —le dice mientras la acaricia, pero en realidad se está hablando a sí misma, necesita convencerse de que son sus fantasmas—. Me asusté sin motivos. Escuché una charla tonta que no tenía por qué escuchar y cuando me iban a ver me dio miedo. Soy yo la que tiene el problema, Wifi, afuera no pasa nada malo.

CAPÍTULO 9
UNA REVELACIÓN
INESPERADA

MINA SE LEVANTÓ TARDE. Anoche le costó dormir. Luego de la agresividad que percibió durante la reunión y el miedo sin sentido que tuvo tras la puerta del sótano, no logró conciliar el sueño con facilidad. Repasó las palabras que escuchó y no encontró nada tan grave que justifique su reacción.

«Debe cumplir con la cuota cuanto antes. Si no lo hace, sufriremos las conse...». ¿Consecuencias? ¿A qué consecuencias le pueden temer tanto? Esto podría ser cualquier cosa. Por ejemplo: «Si no se paga la cuota del servicio de jardinería, sufriremos las consecuencias de que se sequen las plantas». O también: «Si no se paga la cuota de internet, sufriremos las consecuencias de quedarnos sin conectividad». Eso sí sería grave, pero no tanto como para un ataque de pánico, ¿o tal vez sí? Mina entiende que, para muchos, quedarse sin internet podría ser una especie de catástrofe natural, incluso para ella, pero duda de que de eso estuvieran hablando en la reunión. La ausencia de internet como catástrofe vale solo para los menores de cuarenta años, y en la reunión la mayoría estaba arriba de los cincuenta, así que decide descartar esa posibilidad.

Intentando poner las cosas en perspectiva, Mina recuerda haber aprendido en su terapia que cuando se racionalizan los miedos, estos desaparecen. Es por eso que no debe preocuparse por lo que oyó anoche, no había nada que sugiriera peligro. De hecho, podrían estar discutiendo por cualquier nimiedad. A veces, la gente discute por cualquier cosa con tal de tener razón. Eso hace que temas insignificantes tomen proporciones apocalípticas, simplemente porque ninguno quiere aflojar con su punto de vista. De seguro fue eso lo que Mina presenció anoche, una pelea por tener razón, o quizás, por tener poder, que muchas veces son cuestiones equivalentes.

Por otro lado, luego de la reunión, estaba la duda acerca de quiénes estaban hablando. La mujer era Vilma, la señora de lentes que era la única que parecía mantener la calma durante la discusión. Pero Mina no había podido identificar a su interlocutor, porque, a fin de cuentas, ni siquiera lo escuchó hablar, por lo que no tenía forma de saber quién era. Sin embargo, por lo dicho por Vilma («Sé que no se llevan bien, que están peleados»), Mina supone que se trataba del señor Harrison, quien se había enfrascado en la riña verbal con la señora Murray. Pese a todo esto, a sus especulaciones y razonamientos, hay algo que Mina no logra entender ni poner en contexto. «Piensa que lo que hacemos es una locura, una superstición sin sentido».

—¿De qué diablos estaban hablando? —dice Mina de pronto mientras rememora la conversación. Hay gente que no hace cosas los días trece, otras que no pintan su casa de determinado color, o incluso hay quienes ubican los muebles de acuerdo con el *feng shui*, que para muchos también es superstición. Así que la señora Vilma podría referirse a cualquiera de estas cosas, ninguna de ellas trascendentes, pero que a la hora de discutir pueden cobrar una importancia desmesurada.

Mina acomoda la mesa en la mitad de la sala y apoya el portátil sobre ella. Anoche no estaba de ánimo para ponerse a armar la mesa y por eso la dejó para esta mañana. A eso se dedicó desde temprano mientras recordaba lo sucedido el día anterior. ¿Qué tiene que ver la superstición con administrar un complejo de viviendas? Se repetía esa frase porque, por más que lo intentara, no alcanzaba a justificarla.

—*Feng shui* —se dice a sí misma—. Seguro que es *feng shui*.

De repente volvió a recordar lo que dijo el anciano. «Pasan cosas raras». Esa frase de Vilma entraba dentro de la categoría enunciada por el anciano: la superstición. En este ámbito, ¿era una cosa rara? Podría afirmar que sí.

Ahora que ya está la mesa armada, Mina piensa que no resultó tan difícil como había imaginado. Solo queda tirar los restos del empaque. Mira al suelo donde está el cartón y ve a Wifi rascándolo.

—¿Lo quieres? —Wifi está en éxtasis, clavando sus uñas en el cartón—. Te dejaré un pedazo.

Se arrima a donde está el cartón con tijera en mano. La había comprado en su última incursión en el centro de compras. Recorta un pedazo lo más cuadrado posible, nunca fue buena para las manualidades.

—Aquí tienes —dice Mina mientras deja en el piso el cartón que acaba de cortar. Wifi lo mira, camina hasta subirse a él y comienza a lamerse.

Mina recoge el resto del cartón. Piensa que con cinta e ingenio podría armarle una caja para que se meta Wifi. A la gata le encantan las cajas, pero hoy no tiene cinta, así que desiste. Se dirige a la puerta entonces. La llave está puesta, así que abre y sale.

—Buenos días.

Escucha Mina la voz de una mujer y se sobresalta. Gira y ve a una mujer de unos cuarenta años que también está saliendo de un apartamento, el que está junto al suyo. Tiene el cabello castaño y ojos cafés. Viste *jeans* celestes y blusa blanca. Nada raro ni que destaque, parece una persona normal, esto le resulta a Mina reconfortante.

—Buenos días —responde la joven.

—Soy Peggy —continúa la mujer—. ¿Eres mi nueva vecina?

—Sí —responde Mina mientras cierra la puerta detrás de ella, cargando con el cartón que desecharía—. Estoy desde apenas hace dos días.

—¿Encontraste bien el apartamento? —pregunta Peggy.

—Sí —le responde con una sonrisa, le gusta el lugar—, todo en orden.

—Me alegro —responde la mujer con un gesto de satisfacción—. Porque Margaret, la anterior inquilina, lo tenía muy abandonado. Luego de su muerte, el propietario hizo que lo pinten y lo pongan en condiciones.

—¿Su muerte? —pregunta Mina, que se acaba de poner en alerta.

—Oh, sí. Lo siento —se disculpa la vecina—. ¿No sabías nada? Margaret era una mujer muy mayor. Fue algo triste. No la vi durante varios días, así que llamé a Walter, el encargado.

—Sí, lo conozco —interrumpe Mina.

—Y él se comunicó con el propietario —prosigue la mujer, entusiasmada con su relato—, quien le dijo que se encargaría. A los dos días estaban pintando el apartamento. Le pregunté a Walter y me explicó que encontraron a Margaret sin vida en su cama.

—¿Qué le sucedió? —pregunta Mina preocupada. Que haya muerto alguien en su apartamento, hace pocos días, no es una noticia fácil de digerir. Y no es un tema de «superstición», es algo relacionado con lo emocional. Cuando se nos acerca la muerte, notamos nuestra fragilidad.

—Walter no me supo decir —contesta Peggy, que mira hacia un costado y abajo, como analizando lo que sabe al respecto—. Él no la vio. Es más, ni siquiera vio cuando se la llevaron.

—¿Y cómo lo supo Walter? —pregunta Mina intrigada.

—Se lo dijo el propietario —responde Peggy, que sigue pensando en el curso de los eventos y sacando sus propias conclusiones—. Él se encargó de todo. Margaret no tenía familia, así que el dueño se debe haber hecho cargo de los gastos. No sé qué sucedió con el cuerpo, porque no hubo funeral.

A Mina le resulta rara esta historia. Normalmente, cuando hay una muerte con estas características, interviene la policía y un médico forense determina que el deceso fue por causas naturales y no un homicidio. De haber venido la policía y la ambulancia, tanto Peggy como Walter se hubieran enterado.

—¿Cuándo sucedió esto? —pregunta Mina.

—Hace una semana.

—Qué raro —dice Mina pensativa—. Ayer en la reunión, nadie dijo nada al respecto. Supongo que, siendo un acontecimiento tan cercano en el tiempo, al menos algún comentario deberían haber hecho.

—¿De qué reunión hablas? —pregunta Peggy frunciendo el ceño.

—De la reunión de administración de la comunidad —explica Mina de manera casual como si fuera algo obvio—. Había muy poca gente, apenas diez personas.

—Vaya —contesta Peggy con una mueca que Mina no

alcanza a descifrar—, recién llegaste y ya estás metiéndote en problemas.

—¿Perdón? —dice Mina, que continúa sin entender y no sabe cómo reaccionar. Si ofenderse o pedir explicaciones.

—Mira —le explica la mujer en un tono maternal—. A esas reuniones no va nadie, salvo los diez miembros del consejo, y a ellos no les gusta que otras personas se involucren. Ellos manejan todo.

—Pero eso no está bien —dice Mina casi indignada—. Todos los propietarios tienen derecho a decidir sobre lo que sucede con la comunidad. Basta con que otros once dueños se pongan de acuerdo para que la hegemonía de este grupo se termine.

—Con once propietarios no alcanza —continúa explicando la vecina—. Esas diez personas que viste allí, son dueños de más de la mitad de las propiedades. Aunque se juntaran el resto de los dueños, no podrían hacer nada, ellos tienen la mayoría de los votos. Son amos y señores del complejo.

CAPÍTULO 10
EL REFUGIO

Saber que alguien murió en su apartamento no es algo que a Mina le agrade demasiado. Sin embargo, como viene haciendo para manejar sus miedos, lo mejor es racionalizar la situación. En un edificio que tiene al menos cincuenta años, o incluso podrían ser muchos más, es lógico que haya habido muertes. Es muy probable que haya fallecido gente en la mayoría de los apartamentos. En definitiva, así es la vida. También ocurrirían muchos nacimientos, pero la vecina no le habló de ninguno. Es por eso que siempre «es importante la forma en que uno mire su realidad». Otra frase de su psicóloga que Mina repite con frecuencia. ¿Qué necesidad tenía la vecina de contarle eso?

Lo bueno, si es que la muerte tiene algo que se pueda calificar de esa manera, es que en el caso de Margaret, la anterior inquilina, se trató de una muerte natural y no de algo violento. Con respecto a esto, Mina abre un paréntesis y lo piensa con más detenimiento. ¿Cuánto sabe de lo que pasó realmente? Pensándolo bien, la causa de la muerte de Margaret es algo que se rumorea, porque en realidad, nadie sabe a ciencia cierta de qué murió. Mina vuelve a analizar lo que le contaron. Toda la información que tiene se basa en lo que le dijo el propietario al encargado, o en todo caso, lo que dice el encargado que le dijo el propietario. Es más, es lo que dice la vecina que le dijo el encargado que le dijo el propietario ¿Qué tan certera puede ser esa información? Porque también podría ser una especie de «teléfono descompuesto», en el que la versión final distara mucho de lo sucedido originalmente. A fin de cuentas, nadie vio a la policía. Lo normal sería que se la llame al desconocerse el paradero de una persona. En ese caso, el procedimiento sería realizar una denuncia sobre alguien desaparecido y esperar la intervención de las autoridades. Hay que ingresar a la vivienda de la persona perdida para averiguar algo sobre ella, y para eso la policía debe realizar un allanamiento. También se necesita a la policía en el caso de que alguien más entre al sitio y encuentre el cadáver. Además, también deberían acudir los médicos para determinar la causa de la muerte. Y por último, se necesita una ambulancia para llevar el cuerpo a la morgue hasta que alguien lo reclame. Nada de esto parece haber sucedido. Porque si así fuera, alguien lo hubiera visto y, hasta donde sabe Mina, eso no pasó. Ni siquiera el encargado vio nada, cuando los encargados suelen estar al tanto de todo. Es más, en un caso como este, es su obligación estar enterado. Lo lógico hubiera sido que después de que la vecina advirtiera la ausencia de la anciana y le avisara al encargado, este la llamara por teléfono y le tocara el timbre, incluso podría haberla llamado a los gritos desde el pasillo. Al no encontrar respuesta, debería haber llamado a algún teléfono de confianza y, si no lo tenía, luego debería haber ido por el propietario. El propietario, a su vez, tendría que haber seguido los mismos pasos del encargado y, de obtener el mismo resultado, llamar a la policía. Es así que no hay forma de que, luego de todo esto, ni el encargado ni los vecinos se hayan enterado de nada.

Por lo tanto, Mina vuelve a recordar las palabras del anciano, «pasan cosas raras». Tal vez el hombre no estaba tan loco como Mina había pensado en un primer momento.

La joven termina de comer unos fideos sobre su nueva mesa. Desde que llegó al apartamento, su dieta se basó en fideos, arroz y galletas. Ya tiene el refrigerador en funcionamiento, así que es hora de incorporar carnes y verduras. Planea salir de compras. También piensa que tal vez sea momento de retomar el trabajo. Ahora que ya está instalada, no tiene mucho sentido quedarse sin hacer nada.

—No te apures, Mina —se dice a sí misma, reflexionando. Ella sabe que las mudanzas son una de las principales causas de estrés y, aunque no se dé cuenta, debe, necesariamente, estar estresada. Lo mejor será que continúe con su plan original y tomarse un día más para descansar. Por otro lado, el trabajo ha sido siempre su refugio, ya que la obliga a que su mente no divague por caminos que la pueden llevar a un episodio de pánico. Cuando piensa en la palabra refugio, recuerda algo que escuchó en la reunión de ayer: el refugio de indigentes.

Tiene el portátil sobre la mesa, así que aparta el plato vacío y acerca el dispositivo. Lo primero que hace es revisar sus *e-mails*. Encuentra el de la administración y busca el dato del pago al refugio. Allí puede leer el nombre del sitio, que resulta no ser demasiado original: Refugio Monterrey para Indigentes. Una vez conocido el nombre, lo busca en internet. Google Maps le muestra la ubicación en la que se halla.

—Está aquí al lado —dice sorprendida. El lugar está a pocos metros del complejo.

Mina piensa que puede pasar y ver de qué se trata. En

todo caso, tiene que salir a hacer compras, no le cuesta nada echar un vistazo de camino.

Se pone de pie y lleva el plato sucio a la cocina. Lava el plato, los cubiertos y la olla. Se alegra de que el tema del agua caliente se haya solucionado rápido. De no haber sucedido así, tendría que haberse comunicado con el dueño del apartamento. Le entra la duda de quién será el dueño. ¿Será alguna de las personas que conoció anoche? No sería difícil averiguarlo, solo tiene que llamar a la inmobiliaria que se lo alquiló y preguntar. Es de esperar que no haya ningún problema para que se lo digan, pero nunca se sabe. En realidad, tampoco hay ninguna necesidad de hacerlo. ¿Qué ganaría con saber el nombre del dueño? Nada.

Una vez lavado todo, se calza (estaba en medias) y se dispone para ir a comprar la comida que le falta. Mira la ropa que lleva puesta, sudadera rosa y pantalón de *jogging* morado. No está muy presentable para salir, está más bien de entrecasa. El problema es que ya no tiene más ropa. Cuando llegó al complejo por primera vez, lo hizo con lo puesto y con solo dos mudas en su mochila. Debe comprar un par de prendas de manera urgente y le pedirá a su madre que le envíe una maleta con ropa que dejó en su vieja habitación. Se venía resistiendo un poco a ese pedido, porque sabe que sus padres querrán venir a traerla en persona. Pero ya no puede alargarlo más, no puede usar todos los días la misma vestimenta. El complejo tiene un lavadero. Hoy mismo irá a utilizarlo.

Mina baja por la escalera como está, no tiene alternativa, y sale del edificio. En lugar de usar el coche, va caminando, la idea es encontrar el refugio y ver de qué se trata. No es necesario buscar mucho. Apenas avanza pocos metros cuando ve un pequeño cartel metálico de unos cincuenta centímetros de lado. El cartel dice, como era de esperar, «Refugio Monterrey para Indigentes». Le extraña no haberlo visto antes, ya ha pasado por allí y ni siquiera le había prestado atención a ese edificio. Es una construcción baja, de una sola planta, que podría pasar por una casa de familia. Tiene un escueto jardín de césped corto al frente y una cerca de madera blanca que lo separa de la calle. Ni siquiera tiene cochera o lugar para aparcar. Mina se arrima hasta la pequeña puerta de la cerca, que se halla abierta. Las ventanas que dan a la calle tienen cortinas grises y están cerradas, no se alcanza a ver adentro.

—¿Buscas algo, Mina?

Escucha que alguien la llama por su nombre a sus espaldas y por encima de ella. Se sobresalta. Se da vuelta de forma brusca y se lleva las manos al pecho al ver a un muchacho alto y atlético.

—Ese era tu nombre, ¿verdad? ¿Mina? —dice Thomas, el muchacho que le había ayudado a localizar al encargado el día que llegó.

—Hola, sí —responde Mina mientras se recompone, tardó en reconocerlo. Cuando llegó por primera vez al complejo estaba tan preocupada con instalarse que no se había dado cuenta de lo guapo que era—. Me sorprendiste, discúlpame.

—¡Oh! Lo siento —contesta él al darse cuenta de que había tomado a la muchacha por sorpresa—. No quise asustarte. ¿Te puedo ayudar?

—Solo estaba curioseando —contesta Mina, tratando de dar una explicación coherente—. Vi el cartel del refugio mientras pasaba por aquí y quise saber de qué se trataba.

—Bien —dice él sonriendo—, creo que estás de suerte. Yo soy voluntario aquí y puedo darte una visita guiada. Si te interesa, claro.

CAPÍTULO 11
STEPHEN, EL HUÉSPED MÁS ANTIGUO

—Sí, ¿por qué no?

Es la respuesta de Mina a la propuesta del muchacho. Quería saber qué era ese refugio, tenía tiempo libre y ahora contaba con una invitación oficial. ¿Por qué no hacerlo? Además, este joven le caía simpático y parecía estar al tanto de todo lo relacionado con el complejo. La contactó en su momento con el encargado y ahora está involucrado con el refugio. Se arrepiente de no estar mejor vestida, no debe olvidarse de esos detalles. Él, por el contrario, lleva una camisa celeste de buena marca, *jeans* azules y cinturón y zapatos de cuero negro. Parece un modelo.

—Bueno —dice Thomas y se le remarca un hoyuelo en el mentón—, ven conmigo.

El joven se adelanta y Mina lo sigue. Cruza la cerca, camina hasta la puerta y la abre. Ambos entran.

—Buenas tardes, Stephen —saluda Thomas a un hombre de unos cincuenta años que está fregando el *hall*.

El hombre, alto, delgado y con cara de pocos amigos, responde con una inclinación de cabeza y sigue con lo suyo.

Usa una sudadera gris gastada y un pantalón caqui. Tiene un gesto adusto que casi no se ve bajo una vieja gorra de béisbol. Apenas levanta los ojos para mirar a Mina.

—Stephen es uno de nuestros huéspedes más antiguos y más fieles —explica Thomas mientras avanza hacia el interior del lugar—. Él conoció a mi padre, quien lo acogió desde adolescente y le ayudó a salir de las calles. En agradecimiento, él se quedó con nosotros apoyándonos. La gente que viene aquí ayuda con el mantenimiento. Algunos limpian, otros cocinan, cada uno hace lo que puede. Solo Stephen pasa actualmente la noche aquí, el resto de la gente que viene al refugio elige dormir en la calle.

—¿Por qué prefieren dormir en la calle en lugar de hacerlo bajo techo? —pregunta Mina al no comprender ese comportamiento.

—El tema es que no tenemos presupuesto para seguridad o alguien que permanezca por las noches como sereno. Eso hace que no pueda dejar el refugio abierto después de determinada hora. Quienes se quedan a dormir luego de las diez de la noche ya no pueden ni entrar ni salir hasta las ocho del día siguiente. Cierro el lugar y, hasta que no vuelvo por la mañana, la puerta permanece cerrada, soy el único que tiene las llaves. Ninguna de estas personas quiere quedarse encerrada.

Mina entiende, a nadie le gustaría pasar la noche en un lugar en el que se sienta prisionero. Ella camina detrás del muchacho, mirando alrededor. El lugar se ve limpio y bien cuidado, sin embargo, se siente un olor raro.

—Se friega todo el lugar dos veces por día —aclara Thomas mientras se acerca a una ventana y la abre—, pero no todos los huéspedes se bañan con tanta frecuencia. Es necesario mantener el sitio ventilado.

Mina lo mira y el muchacho se alza de hombros.

—Insistimos en que se bañen —continúa Thomas, resignado—, pero algunos no quieren y no los podemos obligar. Más de uno preferiría no comer a bañarse.

—¿Por qué harían algo así? —pregunta Mina, intrigada, siendo que para ella bañarse es algo fundamental.

—La vida en la calle es muy dura —explica él—. Están acostumbrados a llevar sus pocas pertenencias siempre encima. Quitarse la ropa, para ellos, equivale a perderla.

—Pero deberían entender que aquí adentro eso no pasa — dice Mina como si fuera otra obviedad.

Thomas la mira y levanta una ceja.

—Ojalá así fuera —dice el muchacho, meneando la cabeza en un claro gesto de que esa afirmación no es tan cierta—. Algunos de ellos son amigos de lo ajeno. Así es como sobreviven en la calle y les resulta difícil cambiar de hábitos.

Mina lleva instintivamente la mano al bolsillo del pantalón en el que tiene la billetera. Cae en la cuenta de que la realidad es distinta para todos y no hay nada obvio cuando se cambia de contexto.

—En ese lugar —continúa él mientras señala una puerta cerrada— tenemos donaciones. Comida, ropa, incluso medicamentos. La debemos mantener siempre con llave para que no desaparezca nada. Mira —dice él deteniéndose frente a ella y hablando en voz más baja—. Esta gente ha sufrido mucho y no nos toca a nosotros juzgarla. La mayoría son muy buenas personas a las que no les ha ido bien en la vida. Otros tienen problemas psicológicos y algunos, los menos, son delincuentes. El tema es que no siempre es fácil identificar cuál es cuál y debemos atender a todos los que llegan pidiendo ayuda.

—¿Tienen mucha gente aquí? —pregunta Mina luego de escuchar esa explicación.

—Por desgracia, no —contesta Thomas preocupado—.

Son gente muy desconfiada y, a pesar de que tenemos habitaciones para que se queden a dormir, prefieren pasar a buscar algo de comida y luego se van.

—Es triste —afirma Mina mientras observa una de las habitaciones desde afuera. Alcanza a ver varias camas, casi todas vacías, solo una de ellas está ocupada por alguien cubierto hasta la cabeza.

—Sí, lo es —contesta el muchacho a la vez que continúa caminando hasta llegar a la cocina—. La idea es sacarlos de la calle, no solo darles comida. Cuando logramos que se queden más tiempo aquí, los ayudamos a reinsertarse, consiguiendo algún trabajo que puedan hacer. Trabajamos con la alcaldía y con especialistas que nos ayudan. Cuando un indigente ingresa al refugio, analizamos primero sus capacidades mentales, que muchas veces están reducidas. Si no es así y están sanos, podemos avanzar. Si mantiene una rutina y comienza a colaborar con el mantenimiento del lugar como lo hace Stephen, de inmediato lo recomendamos para que consiga un trabajo. Pero para que se dé ese proceso, es necesario primero que tengan una continuidad en el refugio. Cosa que desde hace un tiempo no está sucediendo.

—¿Por qué? —pregunta la joven mientras ve que la cocina es bastante grande y bien equipada.

—No lo sé —contesta él sin mirarla—, son épocas. Por eso es que estamos pensando en hacer algún tipo de campaña para atraer más gente. Probablemente comencemos a dar cena también, eso puede hacer que algunos acepten quedarse a dormir y de esa manera empiecen a salir de las calles. Pero para esto hay algunos obstáculos que debemos superar. Por ejemplo, en este momento no tenemos ningún voluntario mujer. Tal vez podrías ayudarnos.

—¿Yo? —pregunta Mina, sorprendida, no se había imaginado una propuesta de estas características.

—Sí —confirma él volviendo a sonreír con ese gesto que a ella comienza a agradarle—. En este momento, estamos Stephen y yo solamente. Nos vendría bien una ayuda femenina. Vienen indigentes mujeres a las que a veces hay que darles una respuesta que yo no puedo dar. Sería solo un par de horas los días que tengas disponibles.

Mina no sabe qué responder. Nunca había realizado este tipo de actividades y no sabía si era el momento de comenzar a hacerlo. Mira a su alrededor y ve en el salón comedor a dos hombres, cada uno por su lado, comiendo. Si bien no es la hora para eso, no parece haber demasiado trabajo que hacer. En su momento, la psicóloga le había recomendado que realice algún tipo de voluntariado solidario. Le había explicado que tener contacto con los problemas reales de la gente la ayudaría a poner en perspectiva sus supuestos problemas y miedos. Es así que esta actividad a la que la está convocando Thomas no solo será útil para la comunidad, sino también para ella. Además, a Mina no le desagrada la idea de estar cerca de Thomas. Es un muchacho simpático, atractivo y bien intencionado, a su madre le gustaría un candidato así. Por si esto fuera poco, mantendría su mente ocupada en cosas prácticas, sin misterios, conspiraciones ni peligros siniestros.

—Creo que puedo hacerlo —responde Mina luego de analizarlo unos segundos.

Es poco tiempo y no tiene ningún compromiso a largo plazo, por lo que puede dejar de colaborar en el momento que lo decida.

—Excelente —responde el muchacho, mostrando otra vez su gran sonrisa—. Luego me fijaré con Stephen cuáles son los horarios de más necesidad.

—A propósito de Stephen —dice Mina, que de repente se dio cuenta de algo con respecto a ese hombre y a lo que había dicho Thomas anteriormente—. Me contaste que él está aquí hace muchos años. ¿Por qué no consiguió trabajo en otro lado?

—Toda la gente que viene aquí tiene su historia —le explica—. Stephen no puede hablar, ha sido paciente psiquiátrico y estuvo en prisión. Por eso nadie lo ha querido contratar.

CAPÍTULO 12
EL SEÑOR HARRISON

MINA LE DIO su número de teléfono a Thomas y quedaron en que él la llamaría para coordinar cuándo ir. Sin embargo, ni bien termina de salir del refugio, ya está arrepentida de haber aceptado la propuesta. Las razones para aceptarla habían sido varias y todas tenían sentido, ya que no solo ayudaría a la comunidad, sino también a sí misma. Nadie le diría que había tomado la decisión equivocada, ni se atrevería a criticarla. De hecho, era un accionar digno de elogio. Sin embargo, había algo que le hacía ruido, una alarma que sonaba dentro de su cabeza y que se mostraba con un rostro: el de Stephen. Ese hombre no solo tenía un gesto adusto, ahora que lo piensa, tenía más bien cara de loco. La idea de trabajar allí como voluntaria, al lado de un expresidiario con problemas psiquiátricos, no le hace ninguna gracia. Ni siquiera se animó a preguntarle a Thomas sobre las causas de que terminara en prisión, le asustaba conocer la respuesta. ¿Qué tan peligroso era ese hombre?

—Tal vez no fue nada —se dice a sí misma, intentando

persuadirse de que no debe dejarse llevar por su paranoia—, un robo, algo menor.

Por más que intente convencerse de esto, el ruido de su mente no cesa y le da ideas que no quiere escuchar. Stephen podría haber hecho cosas mucho más truculentas que un simple robo. Tal vez por eso Thomas no le aclaró los motivos de su reclusión. Él se imaginaría que, de decirlas, ella no aceptaría colaborar allí. Si hubiera sido algo sin importancia, se lo hubiera contado, para que no se preocupara, pero no fue así, por algo lo ocultó. Solo le vio los ojos negros por un instante antes de que bajara su mirada, pero el recuerdo de esa mirada sin vida alcanza para que se le hiele la sangre.

¿Y por qué no puede hablar? Un detalle no menor que podría significar cualquier cosa. Ella comprende que esos temores que la acosan ahora no habían aparecido cuando lo conoció, sino recién cuando Thomas le contó de su situación. Por lo que todo lo terrible que está pensando, incluso la sensación que le produce esa mirada, son cosas totalmente subjetivas. Es su cabeza la que le adjudica a Stephen un peligro que, en definitiva, ella no percibió. Mina podría encontrar muchas explicaciones para ello, incluso las más rebuscadas, pero no quiere darle más vueltas al asunto y apura el paso para llegar al centro de compras, que era a lo que había salido.

Ya allí, no sabe qué había ido a buscar. Sin embargo, recuerda que anoche durmió cómoda en su nuevo colchón, pero sin ropa de cama. Así que se dirige a la sección «hogar». Hay una oferta de un conjunto de sábanas rosas y una colcha morada. Decide llevarlas y, al ponerlas en el carrito, se da cuenta de que son los mismos colores que está vistiendo.

—¡Necesito ropa! —se dice.

No era lo que tenía en mente, pero lo necesitaba. Así que va hacia el sector de ropa. Encuentra un conjunto de una camiseta verde agua y pantalones color crema que le agrada. No es lo más barato, pero tampoco, por ahorrar, va a ponerse cualquier cosa, así que también se lo lleva.

Ahora que tiene el carrito lleno, recuerda lo que había ido a comprar: carne y verduras. Calcula la cantidad de bultos que debería llevar y comprende que no podrá hacerlo. Opta por dejar la carne y las verduras para otro momento, volverá a cenar fideos. Si hubiera ido con el coche, hubiera podido llevar todo, pero no, quiso curiosear en el refugio y terminó metida en un embrollo. «La curiosidad mató al gato» es una frase que tal vez debería repetirse más seguido aunque no se la haya dicho la psicóloga.

Las bolsas son muy grandes, pero se las arregla para llegar hasta el complejo. Esas tres calles que separan su hogar del centro de compras comienzan a serle familiares. Eso está bien, le da confianza. Como le recomendó su padre: «Debes recorrer las calles cercanas, apropiarte del barrio para sentirte en casa». Se está apropiando del barrio.

—Buenas tardes —le dice el encargado mientras le abre la puerta. Está limpiando los cristales de la entrada. Mina no entiende qué limpia, porque los cristales ya estaban impecables. Pero supone que se mantienen así gracias a que el hombre limpia sobre limpio. Es algo que ella no ha aprendido a hacer y quizás nunca lo haga: no es muy afecta a las tareas del hogar. Es mucho más prolija con su trabajo que con su casa.

—Buenas tardes, Walter —saluda Mina haciendo malabares con las bolsas.

—Veo que ya está instalada —continúa el encargado. Mina no sabe muy bien cómo llegó a esa conclusión. Tal vez porque la vio recibir el refrigerador, la cama y la mesa. Los encargados están siempre al tanto de todo. Esto le trae a cuenta la muerte de Margaret. No es posible que no haya visto nada—. ¿Qué le parece el complejo?

—Estoy muy contenta —responde ella mientras sigue pensando que, si en verdad sabe tantas cosas, debe de saber algo más sobre la anciana que murió donde ella vive ahora. Tiene que preguntarle al respecto—. El apartamento es muy cómodo y los vecinos son muy agradables. Me enteré de que la mujer que vivía en mi apartamento murió hace unos días.

—Sí —contesta Walter, quitando la sonrisa que había mantenido en su rostro hasta el momento—. Fue una verdadera pena. Margaret era una muy buena mujer y, a pesar de ser mayor, tenía una excelente salud. Justamente, unos días antes de su deceso, me contó que había ido al médico a hacerse sus análisis de rutina y que le había dado todo muy bien. Por eso me sorprendió mucho su muerte repentina.

—¿Qué dijeron los médicos cuando encontraron su cuerpo? —pregunta Mina, tratando de contrastar su respuesta con lo que le contó la vecina. El dato de los análisis era algo que no sabía, es probable que haya más cosas de las que pueda enterarse si le tira un poco más de la lengua.

—No lo sé, no llegué a verlos —responde Walter, pensativo, confirmando lo que Mina ya sabía—. Fue muy extraño, no sé cuándo vinieron ni cuándo se llevaron a la pobre Margaret. El señor Harrison se hizo cargo de todo.

—¿El señor Harrison? —pregunta Mina sabiendo a quién se refiere, pero entrevé que se va a enterar de algo más.

—Sí, el dueño de su apartamento —responde él como aclarando algo obvio—. No es un hombre muy dado a la conversación, así que no le pregunté nada. Él me dijo que habló con la policía y con los médicos, y que, como Margaret no tenía familia, se encargó él mismo de lo que tenía en el apartamento.

—Qué bueno que el señor Harrison tuvo tiempo para

hacer esas cosas —dice Mina como si fuera un comentario casual, pero tiene otra intención, quiere averiguar más del señor Harrison, y si no se lo cuenta Walter, nadie lo hará—. Supongo que su trabajo le da esa posibilidad.

—Sí —le dice el encargado y esboza apenas una pequeña sonrisa de costado—. No es que esté muy ocupado.

—¿A qué te refieres? —pregunta Mina sin querer parecer muy interesada, aunque decididamente lo está.

—Bueno —responde Walter, dudando si hablar o no. Mina percibe que al encargado le gustaría contar más de lo que puede—. No es que me quiera meter en los asuntos de los demás.

Walter hace un silencio y Mina se queda expectante sin decir nada, espera que el hombre termine su comentario.

—Por lo que sé —dice al fin Walter, hablando en voz más baja, como si las paredes escucharan—. El señor Harrison y algunos otros propietarios del complejo no trabajan de nada, viven de rentas. Tienen varios apartamentos cada uno.

—¡Oh!, ya veo —dice Mina. Ella imaginaba que esta gente tenía buenos ingresos por los alquileres, pero no que no hicieran otra cosa. Aun así, trata de restarle importancia para no parecer entrometida—. Me parece que es una buena forma de vivir. ¿Verdad?

—Ya lo creo —contesta el encargado, sonriendo de manera cómplice—. ¿Usted a qué se dedica?

—Yo trabajo en sistemas —le cuenta Mina sin entrar en detalles, pero sabiendo que es momento de devolver gentilezas y darle también un poco de información—. Lo hago en línea desde casa, así que no salgo demasiado, y si lo hago, puedo llevar el trabajo conmigo.

—Eso no está mal tampoco —dice Walter.

Mina sonríe, pero no dice más nada. Ambos comprenden

que la ronda de rumores ha terminado y cada uno debe continuar con lo suyo.

Mina sube con sus bolsas por la escalera. Le hubiera gustado que Walter le diera una mano, pero ella no lo pidió y él no se ofreció tampoco. Acaba de enterarse de que el propietario de su apartamento es el señor Harrison, alguien que a Mina no le resultó nada simpático. De hecho, le pareció bastante agresivo. Y por si esto fuera poco, confirmó sus suposiciones de que hubo algo raro con la muerte de la anciana. «La curiosidad mató al gato», se vuelve a repetir, pero es más fuerte que ella.

CAPÍTULO 13
PERSECUCIÓN

Wifi se refriega contra la cara de Mina a la vez que maúlla con fuerza. La joven abre los ojos y una sensación de náuseas le revuelve el estómago. Siente que todo le da vueltas.

—¿Qué pasa, Wifi? —pregunta mientras intenta ubicarse en tiempo y espacio. Es de noche, estaba profundamente dormida. Se siente extraña—. Tranquila, mi amor.

Acaricia a la gata, que no deja de maullar, y esta se le acurruca sobre el cuello como si tuviera miedo. Mina mira hacia los costados como puede en busca de su móvil. No tiene aún la mesita de noche, otra compra que deberá hacer pronto. Recuerda entonces que dejó el teléfono en el suelo.

—A ver, hermosa —le dice Mina a su gata, tratando de correrla de encima para levantarse, pero el animal se resiste, maullando aún más fuerte—. Está bien, mi amor. No pasa nada.

Logra correrla a un costado con delicadeza y se estira hasta recoger el móvil. Cuando se endereza con el aparato en la mano, siente que la cabeza le da vueltas.

—¿Qué nos pasa, Wifi? —pregunta ella, tratando de

evaluarse a sí misma—. ¿Tú también te sientes mal? Me siento mareada y me duele la cabeza.

Mira la hora en el móvil, es la una y cuarenta. Se acostó hace más de dos horas. Tal vez tuvo alguna pesadilla, pero no lo recuerda, no comprende a qué se debe su malestar. Tal vez la comida. Recuerda que cenó fideos con manteca y queso rallado, nada raro, no debería haberle caído mal. Tampoco podría explicar la cena el comportamiento extraño de la gata, que se muestra temerosa y busca protección. No puede ser la comida, debe haber otra cosa.

—Es un apartamento viejo —dice abriendo grandes los ojos como si se le hubiera ocurrido algo. Se pone rápido de pie. Otra vez la cabeza le juega una mala pasada y necesita apoyarse contra la pared para mantener el equilibrio. Camina hasta la ventana y la abre para ventilar. Cree que así como tuvo problemas con el agua, podría tenerlos con el gas. Algunos de los síntomas por intoxicación con gas son el dolor de cabeza y los mareos. Va hasta la cocina, prende la luz y revisa las hornillas y el horno: están correctamente cerrados. Huele el aire para ver si siente olor a gas, pero no percibe nada. Luego revisa las dos estufas, en la sala y la habitación. Parecen estar bien y tampoco hay olor. En unas horas llamará al encargado para que revise mejor la instalación de gas, pero ¿qué hacer ahora? Abre también de par en par la ventana de la sala. Mira hacia afuera y ve que en el otro edificio del complejo hay varios apartamentos con las luces encendidas.

—¿Habrá un problema de gas general?

Al no ocurrírsele ninguna otra cosa, Mina sigue convencida de que se trata del gas. Se queda respirando el aire que entra por la ventana para intentar desintoxicarse. Piensa que tal vez deba salir a la calle. Si hay una fuga de gas en el edificio, por más que ventile y se respire mejor, puede ser peligroso permanecer allí. Vuelve a la habitación y se viste lo más rápido que puede. Por la tarde usó el lavadero, así que vuelve a ponerse el pantalón de gimnasia morado. Se sienta para atarse las zapatillas y luego se pone una chaqueta liviana. Busca su billetera, la que no recuerda dónde dejó. La encuentra sobre la mesa y la guarda en el bolsillo de la chaqueta. Piensa un instante para ver si debe llevar algo más.

—¡Wifi!

Por supuesto, no puede abandonar a la gata. Recorre el apartamento, buscando a Wifi, pero no la encuentra. Se agacha junto a la cama y la ve allí abajo.

—Vamos a pasear, chiquita —le dice al verla. Se estira, alcanza a la gata, la agarra y la abraza. Camina con ella encima hasta la sala y la pone en el trasportín.

Sale del apartamento y cierra la puerta con llave. Baja por la escalera y sale del edificio. No ve a nadie. Ni siquiera el encargado está al tanto de lo que sucede. Al parecer, sus vecinos no reaccionaron de la misma manera que ella y siguen en sus casas. No corre nada de viento. Aún se siente algo descompuesta y tal vez le haga bien caminar un poco. Comienza a andar por donde ya conoce, «por la parte que se ha apropiado del barrio». Pasa por la puerta del refugio. Recuerda el rostro de Stephen y le da un escalofrío, no le gustaría encontrarlo por la noche. A medida que pasan las horas, Mina le tiene más miedo a ese hombre y su pasado misterioso. No quiere pensar en eso y se le ocurre que es un buen momento para hacer las compras que no hizo por la tarde. El centro de compras está abierto las veinticuatro horas, y ya cerca de las dos de la mañana, el lugar debe estar vacío. Así que camina hacia allá.

Mina mira el trasportín y no sabe si ese será un obstáculo para entrar a la tienda, pero supone que no. De seguro no permiten el ingreso de animales, pero, estando la gata dentro del trasportín, supone que la dejarán pasar sin problema.

Como mucho, deberá dejar el trasportín con la gata en algún lugar en la entrada. En tal caso, hará las compras rápido para no dejarla sola a Wifi mucho tiempo. Cuando cruza la bocacalle, algo la hace mirar hacia atrás, y ve que alguien viene caminando a unos cuarenta metros, está cerca del refugio. Sigue avanzando como si nada y, casi por reflejo, vuelve a mirar hacia atrás. Ve que el hombre sigue allí, pero mucho más cerca. Está vestido con ropa deportiva negra. Lleva puesto una gorra con visera y la capucha de la sudadera, así que Mina no puede verle la cara. Ella apura el paso, no está de más mantener distancia de cualquier persona cuando se camina sola por la noche. Al llegar a la próxima bocacalle, mira otra vez. Ve que el hombre empieza a correr hacia ella. El corazón le da un salto y también empieza a correr. Se desespera. Un coche atraviesa la calle justo luego de que ella cruza y le hace señas, pero el vehículo no se detiene. Esto le hace perder tiempo. El hombre está más cerca. Retoma la carrera y, al mirar atrás, ve que el hombre de negro debió frenarse para evitar otro coche, pero enseguida empieza a correr de nuevo. Ella se esfuerza en ir más rápido y el trasportín con la gata dentro se sacude con brusquedad. Mira por sobre su hombro y tiene a su perseguidor ya muy cerca. Mina ve las luces del centro de compras al otro lado de la próxima bocacalle. Corre con todas sus fuerzas, tratando de alcanzar ese lugar que debería ser su salvación. Escucha la carrera del hombre casi encima de ella. Al cruzar la bocacalle, siente que intenta tomarla del brazo, pero se zafa y llega a la acera opuesta. Entra al aparcamiento del centro de compras con la cara desencajada y no se detiene. Ya no mira atrás, no puede perder tiempo, y el lugar seguro ya está muy cerca. Puede ver al hombre de seguridad parado en la puerta. Cuando está llegando, el guardia de uniforme gris la ve venir y camina hacia ella. Mina se lanza a sus brazos.

—¡Ayuda, por favor! —suplica agitada y con la voz entre-cortada.

—¿Qué sucede, señorita? —pregunta el guardia mientras la sostiene.

—Ese hombre me persigue —contesta ella y gira para señalarlo.

—¿Qué hombre? —pregunta la persona de seguridad luego de mirar sin encontrar a nadie.

Ella busca alrededor y no lo ve en el aparcamiento. Observa afuera y cree verlo salir del ángulo de visión en la esquina de enfrente.

—Allí —dice señalando en esa dirección.

—¿A dónde? —pregunta el guardia, que mira en la direc-ción que señaló Mina—. No veo a nadie.

CAPÍTULO 14
PÁNICO

Mina rompe en llanto y comienza a temblar, lo hace casi de modo convulsivo. El guardia de seguridad del centro de compras, sosteniéndola en brazos, la guía hacia dentro de la tienda. La sienta en una silla que tiene cerca de la entrada junto a un pequeño escritorio con planillas. El hombre se endereza y activa el intercomunicador que lleva abrochado a su camisa sobre el hombro derecho.

—Emergencia médica en la puerta dos, necesito asistencia —dice el hombre y suelta el aparato para volver a acercarse a Mina, que con la mirada perdida se sacude en temblores—. Quédese tranquila, señorita. Ya está a salvo.

Mina lo mira como si no entendiera lo que le dice. Está abrazada al trasportín con Wifi dentro. Una mujer con el uniforme del centro de compras se acerca a Mina y ve que está fuera de sí.

—¿Qué pasó? —le pregunta al guardia.

—No lo sé, Betty —responde el hombre alzándose de hombros—. Llegó corriendo a la entrada y decía que la perseguían. Yo no vi a nadie.

La chica busca de inmediato su móvil y llama al número de emergencia del sistema médico que tiene contratado la tienda. El guardia, por su parte, también saca su móvil y llama a la policía. Es parte del protocolo en estos casos, llamar de inmediato a la policía.

Mina, mientras tanto, sigue en su mundo, temblando atontada. No puede pensar, solo siente terror, como si todas sus pesadillas se hubieran vuelto realidad simultáneamente. No sabe quién está a su alrededor, ni dónde se encuentra. De repente, escucha un maullido y es como si el mundo se detuviera. Baja la vista y mira el trasportín que tiene sobre sus piernas. Con las manos temblorosas, intenta abrir uno de los costados. Cuando al fin lo logra, inserta la mano dentro y siente el pelaje de Wifi. La gata vuelve a maullar y se frota contra la mano. Mina la empieza a acariciar y los temblores comienzan a ser menos bruscos. Solo continúa acariciando a la gata sin pensar en nada más.

De pronto, escucha la voz de un hombre delante de ella. No sabe cuánto tiempo pasó, pero reconoce por la ropa que quien le habla es un médico.

—Disculpa —le dice mientras le agarra la mano que tiene fuera del trasportín—, debo tomarte el pulso. ¿Cómo te llamas?

—Mina —responde ella con la mirada perdida.

—¿Sabes dónde te encuentras? —continúa preguntando el médico, que duda de su estado mental. Necesita hacerla hablar. Ella mira a su alrededor.

—Estoy en el centro de compras —responde Mina ya sin temblar. Esa aceleración que tenía hace unos instantes se ha transformado en una lentitud extrema.

—¿Dónde vives? —prosigue el médico luego de soltar su muñeca y comprobar que el pulso está bien.

—Vivo aquí a tres calles —responde ella señalando en dirección al complejo.

—¿Tomó alguna medicación? —le pregunta el médico ahora mientras le examina las pupilas con una linterna. No encuentra las pupilas dilatadas ni ninguna otra señal de consumo de drogas.

—No —responde Mina y piensa si debería decirle de la medicación calmante para los ataques de pánico. El solo pensar en esto le hace darse cuenta de que está volviendo en sí. Ya puede pensar. Comprende que ha tenido un ataque de pánico. Había venido manejando muy bien la tensión de la mudanza y todas las situaciones extrañas de los últimos días, pero al final volvió a caer. Se siente muy mal, como si hubiera fracasado. Comienza a llorar de nuevo.

—Estás bien —le dice el médico, que le pone la mano sobre el hombro inclinado hacia ella, advierte que está volviendo por fin en sí—. No te preocupes, ya pasó.

El médico se endereza, mira hacia un costado y le habla a alguien.

—Estaba en *shock*, pero ya está mejor —dice y da un paso al costado—. Puede hablarle ahora si quiere.

Mina ve entonces que es un oficial de policía quien se le acerca. Es un muchacho joven que se pone en cuclillas para quedar a su altura.

—Buenas noches, señorita —dice el agente tocándose la gorra—. ¿Puedo hacerle unas preguntas?

Mina asiente con la cabeza. La mujer que trabaja en la tienda le alcanza un pañuelo de papel. Mina lo recibe y se seca las lágrimas.

—Gracias —dice ella.

—Me dicen que alguien te perseguía —continúa el oficial mientras se quita la gorra—. ¿Podrías contarme qué sucedió? ¿Qué estaba haciendo a esta hora en la calle?

—Sí —dice Mina, asintiendo con la cabeza, y trata de recordar sus movimientos durante esta noche—. Me desperté algo descompuesta, creo que había una pérdida de gas en mi edificio. Entonces, abrí las ventanas para ventilar y salí a la calle con mi gata para esperar a que todo estuviera bien. Así que se me ocurrió venir a comprar algunas cosas que necesitaba. Luego de caminar media cuadra, vi que venía alguien detrás. Pensé que no era nada y seguí caminando. Pero volví a mirar y el hombre estaba más cerca.

—¿Cómo era ese hombre? —la interrumpe el oficial al advertir que Mina está siendo muy coherente en su historia y puede obtener buena información.

—No lo vi muy bien —explica Mina, tratando de hacer memoria—, pero era bastante más alto que yo. Usaba ropa deportiva negra, tenía gorra y capucha, no pude verle la cara.

—Bien —continúa el policía al notar que Mina no puede aportar muchos detalles sobre su perseguidor, bastante precisa fue con la vestimenta, más no se puede pedir—. ¿Qué pasó después?

—Cuando vi que estaba más cerca, comencé a acelerar el paso —prosigue ella aferrándose al trasportín—. Entonces, él empezó a correr hacia mí y yo también corrí. Quería llegar aquí para ponerme a salvo. Al llegar a esta esquina, casi me atrapa, pero supongo que al estar tan cerca de la tienda desistió y huyó.

—Okey —dice el oficial mientras se endereza para salir de la posición en cuclillas—. Tal vez algún delincuente oportunista la vio sola de noche y pensó que sería una víctima fácil para robar. Afortunadamente, llegó aquí y se encuentra bien. Si quiere hacer la denuncia oficial, la puedo llevar a la estación de Policía.

—Preferiría volver a mi casa, oficial —contesta Mina mirando hacia la salida—. ¿Puedo hacer la denuncia mañana?

—Sí, claro —afirma el oficial—. Yo la llevo a su casa. ¿Tiene una identificación? Quisiera registrar sus datos.

Mina busca en su bolsillo y saca la billetera. Extrae la licencia de conducir y se la da al oficial. El hombre escanea el documento con su móvil y obtiene toda la información. Luego le pide el número de teléfono y lo anota.

—Esperemos que se haya solucionado el tema del gas. ¿Dónde vive?

—Vivo en el complejo que está aquí a tres cuadras —explica Mina señalando hacia donde deben ir.

—Ah, ya sé dónde es —contesta el policía, pensativo—. Estaba yendo hacia allá cuando me llamaron de la central para que venga a verla a usted.

—¿Por qué? ¿Pasó algo? —pregunta Mina intrigada—. ¿Por la pérdida de gas?

—No, no fue por pérdida de gas —explica el oficial y se vuelve a colocar la gorra—. Tuvimos varias llamadas denunciando un sismo, un temblor. Lo extraño es que es el único lugar donde se sintió.

CAPÍTULO 15
DEMASIADAS COSAS RARAS

Esa madrugada, cuando Mina volvió a su apartamento, tomó la medicación y durmió. No supo si soñó o no, el medicamento fue como si la desconectara, se apagó.

Al despertarse por la mañana, se levanta despacio. Se mueve con calma. Prepara el desayuno y se sienta a la mesa. Sostiene la taza de café caliente entre las manos y mira por la ventana. Ve parte del edificio de enfrente y, detrás de él, el cielo nublado. Puede ser que llueva, no lo sabe, pero tampoco se molesta en ver el pronóstico en su teléfono, no tiene intención de salir. Wifi sube a la mesa de un salto y huele las galletas. Aparentemente no le gustan, porque se da media vuelta y vuelve al suelo.

Recién entonces Mina piensa en lo sucedido anoche. Fue como si lo hubiera olvidado y lo recordara de repente al ver a la gata. La mente funciona de forma rara en los momentos de estrés y las cosas que más nos asustan pueden ocultarse en la memoria para darnos un poco de tranquilidad. Curiosamente, este recuerdo cercano que sale de la sombra no pone el acento en el riesgo que corrió, sino en el ataque de pánico. Lo que sucedió dentro de ella y no fuera.

—Venía bien —dice en voz baja y se lleva un trago de café a la boca.

Desde su llegada a Monterrey había enfrentado distintos obstáculos y momentos de tensión. Había logrado sobrellevarlos sin medicación y en total soledad. Era un gran logro, algo de lo que comenzaba a enorgullecerse. Anoche no lo pudo sostener. Al final tuvo un ataque de pánico en el que perdió el control de sí misma, e incluso hubo minutos en los que no sabe qué sucedió. Ella creía que estaba mejor y que empezaba a superar ese problema. Sin embargo, quedó demostrado que no era así, que seguía sufriendo esa patología y que tal vez debería retomar su terapia. La psicóloga le había dicho que podían seguir con las sesiones en línea, pero Mina le respondió que lo haría en el momento que se sintiera desbordada, que por el momento quería probar sola, a su manera. Anoche se desbordó, resta ver si fue solo un episodio aislado o un retroceso en su estado. Lo irá viendo.

Mina mira a la gata, que se encuentra recostada en su almohadón. Sonríe. Wifi la ayudó a volver en sí, a tranquilizarse y recuperar la consciencia. Es la mejor compañera que podría tener. También la ayudaron el médico y el oficial de policía, ambos la trataron muy bien. Ninguno de ellos hizo hincapié en su estado, al contrario, lo tomaron como algo normal. «Estaba en *shock*», le escuchó decir al médico. Fue una buena forma de describir su situación. Se le sacó a ese episodio el peso de una enfermedad para ponerlo en el lugar de una reacción lógica a un hecho específico. La realidad es que a cualquiera le podría haber pasado entrar en *shock* luego de lo sucedido. Un hombre la persiguió a mitad de la noche, vaya a saber con qué intenciones. Según el policía, aquel delincuente era un oportunista tratando de cometer un robo. Mina no está tan segura de eso, ella lo sintió distinto. Ella cree que su vida estuvo en peligro, que aquel hombre iba por algo más que sus posesiones materiales. No podría explicar por qué piensa esto, pero así lo cree. En cierto sentido, el hecho en sí mismo demuestra que su paranoia tampoco resulta exagerada. No siempre son miedos infundados los que sufre, lo que pasó anoche fue real. Eso la pone a pensar en porcentajes. Cuántas veces que tuvo miedos, presuntamente irracionales, fueron en realidad la percepción de algún peligro que no se llegó a concretar. Porque la paranoia es un trastorno mental por el cual alguien desconfía de los demás sin motivo. Cuando anoche vio por primera vez al hombre detrás de ella, se dijo a sí misma que no sea paranoica, que no todo el mundo quería hacerle daño. En este caso, se dio cuenta a tiempo de que no estaba siendo paranoica, que sí querían hacerle daño y que cualquier otra mujer que no hubiera estado tan atenta como ella hubiera caído en manos de ese delincuente.

—¿Qué tan paranoica soy realmente? —se pregunta antes de comer un bocado de galleta.

Los ataques de pánico son una cosa, los padece, por lo que es una patología real. Pero la paranoia puede que sea algo distinto, tal vez no tiene ese trastorno mental y solo es más perceptiva del peligro que el resto de la gente. Esta idea la entusiasma. Ve allí la posibilidad de tener una cosa menos por la cual preocuparse.

—No —se dice a sí misma y detiene esa línea de pensamientos de inmediato. Es justo lo que le dijo la psicóloga que pasaría si le daba crédito a sus miedos, encontraría una justificación para estar asustada todo el tiempo. Debía pensar en otra cosa. «Patearle el trasero». Las palabras de su madre vuelven a su mente. El enojo es una buena forma de sobrellevar los miedos y pensar en cómo patearle el trasero a ese cretino, es una buena forma de pensar en otra cosa.

Le hubiera gustado verle la cara a su perseguidor o tener algún otro dato para ayudar a que la policía lo encuentre. Intenta recordar algo más. Advirtió su presencia justo a la salida del refugio. ¿Fue algo casual? Mina se acuerda de Stephen y piensa en la posibilidad de que se trate de él. Es un exconvicto con trastornos psiquiátricos, la contextura física concuerda, también la gorra que llevaba y el lugar en el que apareció. Thomas le había dicho, además, que es el único que pasa la noche allí, y si bien la puerta del refugio permanece cerrada por la noche, podría haber salido por algún otro lugar. Mucho puede especular al respecto, pero como dicen en las series de detectives, son solo evidencias circunstanciales. Mina lo sabe, y por eso no mencionará ese tema cuando vaya a la estación a realizar la denuncia formal. Si es que la hace, ya que no sabe si ganará algo con eso. Ahora bien, esto le genera otro conflicto. ¿Qué hará con el refugio? Había dado su palabra de asistir como voluntaria. ¿Pero cómo hacerlo creyendo que Stephen puede ser un peligro? Tal vez deba retractarse, pedir disculpas y alejarse del refugio. Básicamente, huir. «Puedes quedarte ahí parada y entrar en pánico, o ir hasta donde está ese cretino y patearle el trasero». Las palabras de su madre vuelven a la mente de Mina como un desafío. ¿Qué otra cosa podría hacer? Tal vez podría ir al refugio e investigar un poco. Averiguar qué pasa con ese Stephen y, si encuentra algo concreto, denunciarlo. Su madre estaría orgullosa de ella, pero de todos modos, nunca se enterará de nada. Mina no piensa contarle lo que le pasó, no tiene sentido preocuparla.

—¡El gas!

De repente, Mina recuerda la cuestión del gas y apoya la taza en la mesa. Recién usó la cocina y no pasó nada. Tampoco sintió olor. ¿Qué habrá pasado? El oficial le dijo algo al respecto cuando la traía. Ella hace memoria otra vez, dijo que no sabía nada de pérdidas de gas, pero que habían recibido denuncias de un movimiento sísmico. Mina no sintió nada, pero estaba dormida. Tal vez Wifi lo sintió y por eso la despertó. Quizás a eso se debían entonces sus náuseas y mareos. Ya le había pasado un par de años atrás, cuando hubo un temblor bastante fuerte en California, que si bien no causó daños, a ella le produjo los mismos síntomas. En aquel momento lo gugleó y encontró que algunas personas eran sensibles a los terremotos, experimentando distintos malestares, ella es una de ellas. Lo raro es lo que dijo el oficial acerca de que el único lugar donde se sintió el temblor fue en el complejo. ¿Cómo explicar algo así? Mina piensa que tal vez hubo algún tipo de explosión, una posiblemente generada por gas, y que a eso se debió el temblor que sintieron. De nuevo insiste con el gas y ella misma se da cuenta de que es absurdo. De haber sido así, hubieran escuchado el estruendo, cosa que no sucedió.

—A no ser...

Mina recuerda la puerta del sótano. Cree que quizás la explosión pudo ser allí abajo y por eso no se escuchó, pero que las vibraciones sí alcanzaron a ser percibidas.

—Creo que me estoy dejando llevar por mi imaginación —se dice Mina a sí misma.

Siente que está mezclando cosas que no tienen nada que ver y que está sacando conclusiones inconsistentes, demasiado raras. «Hace muchos años que vivo aquí y he visto demasiadas cosas raras», le había dicho el anciano, y esta frase le resonaba una y otra vez. Pero mientras piensa en eso, le viene a la mente otra frase que el viejo había dicho justo después de esa y que ella había olvidado hasta el momento: «No salgas de noche y cierra bien tu puerta. Sobre todo si sientes algún temblor». Ella hizo todo lo contrario. Salió de noche, luego de un supuesto temblor, y su vida estuvo en peligro. Le gustaría volver a hablar con el anciano.

CAPÍTULO 16
LO QUE ESCONDEN LAS PUERTAS

—¿Puedes venir hoy a las doce horas?

La pregunta de Thomas, por WhatsApp, puso a Mina en un aprieto. Le había dado vueltas al tema y todavía no había decidido si ir al refugio, como voluntaria, o no. Ayer había aceptado por un impulso solidario, pero luego de lo sucedido por la noche, estuvo a punto de retractarse. Cuando hace una hora recibió ese mensaje, volvió a replantearse lo que debía hacer. Le clavó el visto, pero tardó en contestar, era algo que no le gustaba que le hicieran a ella, le parecía odioso. Sin embargo, no tuvo otra alternativa, no sabía qué decir. Más temprano ya había tomado una decisión, la de tomar el toro por las astas, volver al refugio y ver lo que sentía. Pero cuando tuvo que responder ese mensaje, volvió a dudar y sopesó la situación de nuevo.

—¿Tú también estarás? —preguntó al fin antes de confirmar o negarse.

—Sí, claro —respondió él enseguida. Evidentemente, estaba pendiente de su respuesta.

—Allí estaré —contestó Mina, poniendo punto final a su debate interno.

Fue así que, llegada la hora, Mina juntó coraje, se despidió de Wifi y salió. Al llegar a la entrada del refugio, vuelve a escribirle a Thomas.

—Estoy en la puerta.

De inmediato, sale el joven a recibirla con su enorme sonrisa y ella responde con una más tímida. Definitivamente, ese muchacho tiene algo que a Mina le gusta. Le cuesta decirle que no y le alegra verlo.

—Entra, por favor —dice él señalando hacia adentro y comenzando a andar. Ella lo sigue.

—Es hora del almuerzo —prosigue él y parece apurado—. Necesito que me ayudes en la cocina.

Se dirigen hacia allí y, al entrar al lugar, Mina ve a una mujer revolviendo el contenido de una gran olla.

—Ella es Georgia —le explica Thomas señalándola—, otra huésped habitual del refugio. La única mujer que colabora de vez en cuando. Me gustaría tenerla regularmente, pero no logro convencerla. Ella es Mina —le dice ahora a Georgia—, la amiga de la que te hablé.

Mina mira a Thomas, un poco sorprendida por la forma en que la presentó: «amiga». Él le guiña el ojo y se dirige al refrigerador. Ella continúa sin entender aquel código, pero tampoco puede preguntar demasiado y se sonroja.

—Ayúdame aquí, por favor —dice Georgia, que es una mujer de unos cuarenta años, pero que aparenta más, evidentemente desgastada por una vida difícil. Su ropa es barata y está muy gastada, pero se la ve muy limpia y sin olor. Lo cual Mina festeja, ya que temía encontrar los mismos olores que sintió la vez anterior que vino. Se acerca a la olla y ve que se trata de arroz—. Sigue revolviendo para que no se pegue.

Georgia le pasa el cucharón a Mina, quien empieza a

revolver. La mujer va hasta otra cacerola que está al fuego. Le quita la tapa y suben vapores que emanan un delicioso aroma a pollo guisado. Mina recién se da cuenta de que a diferencia de cuando vino ayer, que estaba silencioso, hoy se escucha mucho movimiento al otro lado de la puerta que da al comedor.

—Es la hora de la comida —dice la voz de Thomas, quien pasa a su lado y le explica la situación como si le hubiera leído la mente—. Vienen, comen, utilizan el baño y se van.

Mina lo mira sin dejar de revolver y no dice nada. Pero la idea de tener que limpiar los baños no es algo que le resulte atractivo. Thomas sonríe.

—No te preocupes que del baño se encargará Stephen —dice él, que otra vez parece conocer sus pensamientos—. Pero de lavar los platos no podrás escaparte.

—No esperaba otra cosa —responde Mina, también sonriendo, aliviada con respecto al tema de los baños.

Mina comprende que las cosas aquí se hacen a las apuradas y que no hay mucho tiempo para pensar. Eso es bueno para ella, es justo lo que necesita, dejar de pensar. Georgia se acerca con una cuchara y prueba el arroz.

—Esto ya está —dice la mujer y aparta a Mina casi empujándola. Luego recoge dos trapos y agarra con ellos las asas de la olla—. Tráeme aquella tapa.

La mujer es más fuerte de lo que aparenta, porque levanta la gran olla sin esfuerzo y la lleva hasta el fregadero. Con un gesto, le indica a Mina que ponga la tapa y la sostenga. Ella inclina la olla y escurre el poco de agua sobrante.

—Ya está —dice la mujer—. Ven conmigo.

Mina piensa que la mujer no es muy simpática, pero cree que tiene más que ver con una falta de modales que con alguna animosidad hacia ella. Georgia levanta nuevamente la olla y comienza a caminar. Mina la sigue.

—Abre la puerta, por favor —dice Georgia y Mina se adelanta para abrir. Esta vez se lo pidió de forma gentil. Lo hace y deja pasar primero a la mujer, que carga el peso. Ella va detrás.

Mina puede ver al menos una docena de personas. Algunos estaban sentados en las mesas y se ponen de pie al verlos llegar. Otros ya estaban formados en fila con un plato en la mano. Georgia apoya la olla en la mesa y vuelve a la cocina. Mina se queda ahí parada, la gente la mira expectante y ella no sabe qué hacer. Entonces, viene Thomas al rescate con la olla de pollo y detrás de él regresa Georgia con dos cucharones. Le entrega uno a Thomas y ella viene con el otro. Le quita la tapa al arroz y lo mira a Thomas. Él asiente con la cabeza.

—Ya pueden pasar —dice el joven y la gente se aproxima a la mesa para recibir su ración. Él pone el pollo guisado en el plato que le estira cada persona. El primero es un hombre joven vestido con ropa andrajosa. Luego este hombre va hasta donde están Mina y Georgia. Georgia le da la porción de arroz para completar el plato. Luego se acerca la siguiente persona, una mujer muy mayor.

—Ahora continúa tú —dice Georgia y le entrega el cucharón a Mina. Ella sirve el primer plato. Georgia la mira, le da un pulgar arriba y se va hacia la cocina. Mina se prepara para servir al siguiente y, cuando levanta la vista, nota a Stephen mirándola fijo. Esa mirada... Ella le sonríe, esperando aflojar la tensión, pero él permanece serio, sin hacer ningún gesto. Ella le da su ración y el hombre se va. Mina no tiene dudas, ese hombre le mete miedo y nunca vendrá al refugio si no está Thomas presente.

Ella prosigue sirviendo. Uno a uno pasan y, más de una vez, Mina debió contener la respiración porque los olores se le hacían insoportables. Toda la operación dura apenas unos minutos y ya los comensales están servidos.

—Ahora esperamos —dice Thomas mientras agarra un trapo y limpia la comida derramada en la mesa—, la mayoría repite.

Efectivamente, un minuto después, la gente comienza a ponerse de pie y vuelve a la mesa del servicio. Se repite el proceso hasta que las ollas quedan casi vacías. Entonces, entra Georgia al comedor con una fuente, es el postre: bizcocho de vainilla. De nuevo se acercan las personas a buscar su porción y Thomas se encarga. Georgia le hace una seña a Mina para que lleve la olla de vuelta a la cocina, ella hace lo mismo con la del guiso. Cuando apoyan las ollas en la mesada, Georgia coge un plato.

—Ahora me toca a mí —dice la mujer sonriendo. Con una cuchara, recoge lo que queda en el fondo de las dos ollas y se pone a comer.

Mina no sabe qué hacer, así que mira a su alrededor y decide ponerse a lavar. Lleva la olla al fregadero, agarra una esponja, pero no encuentra detergente. Georgia la ve.

—El jabón se acabó —dice la mujer con la boca llena—. Pídele a Thomas que traiga del depósito.

Mina va de nuevo al comedor y se acerca a Thomas.

—Necesitamos detergente —le dice.

—Bueno, ya voy —responde él, pero piensa un instante y mete la mano en un bolsillo para extraer unas llaves—. ¿Podrías ir tú, por favor? En el depósito puedes encontrar lo que necesites.

Mina recibe las llaves y se dirige a la puerta cerrada con llave, recuerda cuál es por su visita anterior. La abre y ve una escalera que baja hacia la oscuridad. Mina no sabía que era un sótano. Tiene la sensación de estar en una vieja película de

suspenso, en la escena en la que la muchacha baja ingenua-
mente por la oscura escalera hacia donde la espera el asesino.
De ninguna manera bajará a oscuras. Busca el interruptor de
la luz y lo halla a la izquierda. La enciende y desciende por la
escalera hasta llegar abajo. Otra vez busca un interruptor
porque hay una parte del sótano que permanece en la oscuridad. Cuando lo encuentra, lo enciende y comprueba que no
hay ningún asesino oculto. Es un lugar pequeño, de aproximadamente tres metros por tres metros. Tiene estanterías
hasta el techo y un mueble con cajones. Hay herramientas,
ropa de cama, artículos de limpieza y comida no perecedera.
Ve en uno de los estantes el detergente y se acerca a buscarlo.
Recién ahí puede ver algo que le llama la atención. Junto al
mueble con los cajones, hay una puerta. Se aproxima a ella y
ve que está cerrada con un enorme candado. De inmediato,
recuerda la puerta misteriosa del subsuelo del edificio. Esta es
distinta, si bien se la ve fuerte y tiene muchos años, no es una
antigüedad de hierro como la del complejo. Es una clásica
puerta de madera. Sin embargo, le parece una coincidencia
llamativa que ambos edificios tengan, en el sótano, una puerta
cerrada con candado. Mina se arrima un poco más y apoya la
oreja contra la puerta. No escucha nada. Siente algo extraño
en el suelo cuando pisa, es como una sensación rasposa. Mira
hacia abajo cuando corre el pie, pero no ve nada. Se acuclilla y
apoya la mano en el suelo justo junto a la puerta. Es tierra.
Luego pasa la mano por el suelo, unos centímetros más apartado de la puerta, y ya no hay nada. Es como si esa tierra
saliera por debajo de la puerta. Vuelve a acercar la mano, y no
está segura, pero cree sentir que corre algo de aire. Mina
piensa que puede ser una especie de salida de emergencia o
puerta trasera. Recuerda entonces que vio a su perseguidor
cerca de aquí. Si Stephen duerme en el refugio y el refugio se
cierra de noche, podría haber salido por esta puerta.

—Mina, ¿estás bien?

Ella se sorprende y se detiene de golpe, chocando el codo derecho contra la estantería. Contiene una exclamación de dolor, mordiéndose los labios. La voz de Thomas vino desde arriba de la escalera, no la ha visto fisgoneando.

—Sí, Thomas —responde ella mirando hacia todos lados—. No encontraba el detergente, pero ya está, voy saliendo.

Mina recoge el detergente y le echa un último vistazo a la puerta. ¿Qué diablos esconden esas puertas? Se pregunta mientras comienza a alejarse.

CAPÍTULO 17
UN POLICÍA CONOCIDO

AYER, mientras lavaba los platos en el Refugio Monterrey para Indigentes, Mina reflexionó sobre lo que haría con respecto a su asistencia al refugio. Sopesó las razones por las cuales seguir o no y sacó una conclusión: acordó con Thomas que podría colaborar dos veces por semana. Se había sentido bien haciéndolo. Nunca antes había realizado ninguna tarea solidaria de ese tipo y la experiencia resultó ser positiva. Le había gustado formar parte de una buena acción. Fue por eso que ratificó su voluntad de participar, pero con la salvedad de acotar los horarios. Todavía era muy pronto para afrontar un compromiso más grande. Tenía que ver cómo evolucionaba aquello, qué tan pesado se le hacía y si el entusiasmo del primer día continuaba o se extinguía. Así que, por lo pronto, volvería y vería qué pasaba. Vida nueva, desafíos nuevos, posibilidades nuevas. Por algún motivo, se había cruzado con Thomas el mismísimo primer día que llegó a aquella ciudad, y resultó ser alguien especial que le abrió las puertas a un mundo distinto.

—¡Puertas! —susurró para sí misma mientras pensaba en eso. Además, estaba el tema de la puerta en el sótano.

No creyó prudente preguntar nada al respecto, pero si acudía al lugar con frecuencia, tarde o temprano surgiría el tema y preguntaría, de manera casual, qué había detrás de esa puerta. Thomas, que está a cargo del lugar, no podía ignorar de qué se trataba. Necesitaba saber si era otra salida que Stephen podría haber usado la noche del incidente, o si había allí alguna otra cosa que debiera estar sellada con candado. Incluso el muchacho podría saber también de la puerta en el subsuelo del complejo. No tenía idea si Thomas era inquilino o propietario, pero no estuvo en la reunión del consejo, por lo cual ella daba por sentado que no era parte de esa élite que maneja todo.

Por otro lado, la concurrencia al refugio no podía interferir con su trabajo. Si bien venía hasta ahora con unas pequeñas vacaciones, tarde o temprano debería retomar su labor. En este sentido, ya en el apartamento, por la tarde dio el primer paso para regresar a sus actividades: revisó los correos. Como lo esperaba, tenía varios pedidos de sus clientes para que atendiera algunos asuntos. Afortunadamente, nada urgente, pero como trabajadora independiente, no podía dejar a sus clientes sin atención por mucho tiempo porque podía perderlos. Luego de estudiar Sistemas, se especializó en seguridad informática. Resultó tener un talento especial para ese rubro. Tal vez sus características psicológicas le sirvieron para ese trabajo. Esa capacidad de ver peligro donde nadie más lo ve la ha ayudado a destacar frente a su competencia, ya que es capaz de hallar errores de programación que podrían terminar en hackeos y problemas graves de seguridad. A pesar de su juventud y poco tiempo de experiencia laboral, ha ganado una buena reputación y poco a poco está generando una interesante cartera de clientes. Es una consultora externa que contratan las empresas para revisar las falencias de seguridad de los sistemas o descubrir las fugas de información y hackeos.

Pasó la tarde viendo situación por situación para analizar la gravedad de cada caso y organizar el trabajo para los días siguientes. Decidió que ya era tiempo de comenzar y por eso esta mañana retomará el trabajo apenas vuelva al apartamento.

Lo primero que hizo después de desayunar fue volver al centro de compras. Lo hizo con un poco de miedo a que la reconozcan, estaba avergonzada por lo sucedido antes de ayer. Así que, al entrar, lo hizo con la cabeza gacha y mirando de reojo a los empleados del lugar. Por suerte no estaba el mismo guardia de seguridad ni la empleada que la ayudó. Era lógico que no estuvieran, en un negocio que está abierto las veinticuatro horas, debe haber al menos tres turnos con gente distinta. Esto la alivió y pudo hacer sus compras tranquila. Consiguió los vegetales y carne que estaba necesitando. Fue caminando, se dijo a sí misma que lo que le había pasado la otra noche no podía limitarla. No podía ceder al miedo y tener que utilizar el coche para ir a solo tres calles. Ahora viene de a pie con la bolsa de las compras y, si bien avanza mirando hacia todos lados, trata de sostener un andar tranquilo. Se da cuenta de que su tendencia es a acelerar, a apurar el paso para salir lo más rápido posible del peligro. Debe repetirse una y otra vez que no hay riesgo alguno. Tan atenta camina, cuidando lo que tiene a sus espaldas y verificando que Stephen no asome del refugio, que al llegar al complejo es sorprendida por las luces de una patrulla policial. Desacelera el paso para ver lo que está sucediendo. Sin detenerse, pero con mucha lentitud, avanza observando que hay dos hombres de traje hablando con Walter y dos oficiales que están parados detrás junto a la patrulla. Advierte que uno de los policías la ve venir, y rápidamente se acerca hasta uno de los hombres de traje. El hombre gira y la observa. Luego vuelve a girar y le dice algo a su compañero. El compañero se queda hablando con el encargado y tanto el hombre de traje como el uniformado comienzan a caminar hacia ella. Mina no sabe qué está pasando y empieza a ponerse nerviosa.

—Hola, señora —dice el policía cuando se paran frente a ella—. ¿Me recuerda?

Recién ahora Mina reacciona y sonríe, reconoce al oficial, es quien la había traído desde el centro de compras anteanoche luego del incidente con el perseguidor.

—Hola, sí —responde ella forzando una sonrisa, no está segura de qué pensar sobre esto. No esperaba ver al policía de nuevo—. ¿Cómo le va, oficial? ¿Qué está pasando?

El oficial mira al detective, luego la vuelve a mirar a ella y le dice:

—La estábamos buscando.

CAPÍTULO 18
¿LA POLICÍA EN MI EDIFICIO?

—¿Me estaban buscando? —pregunta Mina luego de hacer un corto silencio en el que contuvo la respiración—. ¿Qué está pasando?

—Estamos realizando una investigación —responde el policía, que advierte su sobresalto y pretende tranquilizarla. Pero se da cuenta de que no ha sabido elegir las palabras correctas, así que prefiere dar un paso al costado—. La dejo con el detective Giaccobe para que le haga unas preguntas.

—Sí, por supuesto —responde ella. En ese instante, se da cuenta de que deben estar allí por lo que le pasó la otra noche. Como ella no fue a hacer la denuncia, ellos fueron a buscarla. «Si Mahoma no va a la montaña, la montaña vendrá a Mahoma». En cierto sentido, se siente satisfecha por lo que está pasando. La han tenido en cuenta y puede quedarse tranquila de que la están protegiendo—. Buenos días, detective.

—Buenos días, señorita —dice el detective—. Me dijo el oficial que hace dos noches sufrió un ataque.

—Sí —contesta Mina mucho más relajada y dispuesta a dar todos los detalles del tema, tal vez incluso hable del refugio—. Un hombre me persiguió por la calle hasta que llegué al centro de compras.

—¿Tiene una descripción del hombre que la persiguió? —le pregunta el detective, quien se muestra interesado en su relato.

—Era un hombre delgado y alto —responde Mina haciendo memoria—. Estaba vestido con ropa deportiva negra, pero llevaba gorra y capucha, por lo que no pude verle el rostro.

—Desde entonces no volvió a verlo, ni tuvo ningún otro incidente, ¿verdad? —pregunta el detective Giaccobe.

—No —contesta Mina, que ahora duda si mencionar el refugio o no. No quiere meter a Stephen en un problema sin estar segura de que haya sido él. Si es un hombre con antecedentes, cualquier sospecha sobre su accionar puede echar por tierra cualquier intento de rehabilitación. Y ni hablar de que nunca más podría ella volver al refugio o mantener una relación con Thomas—. Gracias a Dios no volvió a pasar nada. Le pido disculpas por no haber ido a realizar la denuncia. Lamento que hayan venido hasta acá por mí.

—¿Perdón? —dice el detective, que hace gesto de no comprender lo dicho por Mina—. ¿A qué se refiere?

—¿Cómo? —pregunta Mina, quien ahora hace casi el mismo gesto de confusión del detective—. ¿No vinieron aquí por lo que me sucedió?

—Ah, no —se explica el detective, que recién comprende el malentendido—. Disculpe, no he sido claro. Estamos investigando otra denuncia. Como usted tuvo este problema, quería saber si había alguna relación con el otro caso.

—¿Qué fue lo que sucedió entonces? —pregunta Mina un poco decepcionada de no haber sido por ella que vinieran los policías—. ¿Qué denuncia están investigando?

—Se trata de la desaparición de una persona —le contesta

el detective—. Una mujer no ha sido vista desde antes de ayer y su hijo realizó la denuncia esta mañana.

—¿Por qué tardó tanto tiempo en hacer la denuncia? —pregunta Mina. Piensa que cualquier niño se daría cuenta más rápido de que su madre ha desaparecido.

—Es algo normal —responde el detective—. Cuando una persona no sabe el paradero de alguien con quién no convive, trata de ubicarla durante un par de días, y si no lo logra, recién entonces realiza la denuncia.

—Entiendo —contesta Mina al advertir que su suposición de que fue un niño quien dio el aviso estaba equivocada. Si el hijo no vive con la mujer, es porque ya es un adulto—. Como me dijo que realizó la denuncia el hijo, asumí que vivían juntos.

—No, no —aclara el detective—. Ambos viven en el complejo, pero en apartamentos distintos. El muchacho estuvo con ella antes de ayer por la mañana. Pero ayer la llamó un par de veces y la mujer no respondió. Esta mañana fue a su apartamento y no encontró rastros de ella. Es por eso que la desaparición de la mujer debió suceder entre el mediodía de un día y la mañana del siguiente. Aquí es donde su relato cobra importancia y se relaciona con este caso.

—No lo comprendo —dice Mina.

—Es apenas una posibilidad, pero es probable que esta mujer haya desaparecido la misma noche en que usted fue atacada —explica el detective—. Por lo que no podemos descartar que el mismo sospechoso esté involucrado.

Mina se queda pensando, cree que la desaparecida podría haber sido ella y entiende que la cosa fue más grave de lo que se supuso en un primer momento. Esa noche el oficial le dijo que debía haber sido un delincuente oportunista que le había querido robar, pero parece ser que se trató de otra cosa. Podrían haberla raptado, abusado o quizás asesinado.

Comienza a acelerar su respiración. No dice nada, pero el detective advierte que se ha puesto pálida, que algo le sucede.

—Quédese tranquila, señorita —dice el detective, apoyándole una mano en el hombro con mucha delicadeza—. ¿Cuál es su nombre?

—Mina —responde ella con la voz entrecortada, se da cuenta de que puede caer en otro ataque de pánico y se esfuerza en respirar profundo para tranquilizarse.

—Mira, Mina —prosigue él en un tono fraternal al ver que de verdad se ha alterado—. ¿Puedo llamarte así?

Mina solo atina a asentir con la cabeza.

—Mi nombre es Vincent y esta es mi tarjeta —le dice el detective mientras se la alcanza—. Cualquier cosa que te parezca extraña, llámame, por favor. Afortunadamente no te pasó nada, y esperemos que nada vaya a pasar. Pero tengo mis razones para pensar que aquí hay gato encerrado, por lo que no dudes en llamarme si tienes algo para contarme, lo que sea.

—Gracias —dice ella mientras guarda la tarjeta en el bolsillo. La actitud del detective logra tranquilizarla—. Espero que encuentren a esa mujer en buen estado, que todo haya sido un malentendido.

—Ojalá así sea —responde el detective mirando a los edificios—. Pero en mi experiencia, quien desaparece aquí, nunca más vuelve a ser visto.

—¿A qué te refieres? —pregunta Mina, que ya está más calmada, es como si el detective le hubiera transmitido seguridad.

—Nada, no es nada —contesta él eludiendo el tema—. Una cosa más. ¿Conoces a la señora Murray?

—Sí —responde Mina—. La vi en una reunión del consejo, creo que ella es la presidenta. ¿Por qué?

—¡Oh! —exclama el detective al darse cuenta de que ha

omitido una información importante—, perdón por no haberlo dicho antes. Es la señora Murray quien ha desaparecido.

CAPÍTULO 19
LA TARTA DE MANZANA

MINA SE RECUESTA en la cama después de subir muy despacio por la escalera hasta su apartamento. Mira el techo. Luego cierra los ojos y suspira.

—¿Dónde me metí? —se pregunta a sí misma en voz alta.

La gata sube a la cama y camina sobre Mina, maullando, hasta pararse sobre su pecho y frotarle la cabeza en el rostro. Mina comienza a acariciarla y la gata se le recuesta encima.

—Sí, Wifi. Creo que me equivoqué —sigue hablando en voz alta Mina, pero ahora dirigiéndose a la gata—. Puertas misteriosas, ancianos locos, delincuentes nocturnos y gente que desaparece.

Mina piensa que todas esas son cosas que podrían pasar en cualquier lado, que no necesariamente tiene que ver con el lugar. Sin embargo, podrían pasar a lo largo de varios años, no en menos de una semana. Son demasiadas cosas extrañas en muy poco tiempo. Por más que quiera normalizar la situación y convencerse de que son solo sus miedos irracionales, no hay forma de hacerlo. Ni siquiera su psicóloga podría justificar con ningún tipo de explicación esta serie de acontecimientos anormales. Así no hubiera ninguna relación entre ellos, no caben dudas de que aquel es un lugar peligroso. Todo lo que investigó sobre la zona y su seguridad ha quedado desdibujado en apenas cinco días. Que la persiguieron por la calle no fue su imaginación, que desapareciera la señora Murray tampoco fue su imaginación. Y por si fuera poco, los comentarios del detective no le dieron ninguna tranquilidad. «En mi experiencia, quien desaparece aquí, nunca más vuelve a ser visto». ¿A qué se refería el detective con esto? Parecía como si se le hubiera escapado, como si hubiera sido un pensamiento en voz alta. Se rehusó disimuladamente a explicar ese comentario. ¿Qué es lo que sabe el detective Vincent Giaccobe? Era evidente que ya ha tenido otra investigación en el complejo, tal vez otra desaparición. Le hubiera gustado que explicara un poco más, pero por algún motivo no lo hizo. En última instancia, no tenía ninguna obligación de contarle nada. Bastante amable había sido como para pedirle algo más. Por otro lado, podría haber alguna otra investigación en curso y quizás no le estaba permitido dar detalles al respecto. Todo queda en especulaciones, sin más datos que procesar, y Mina sabe que cualquier suposición no tiene ningún respaldo.

Suspira otra vez y la gata levanta la cabeza para mirarla. Mina piensa en una posibilidad que no estaba hasta ahora en sus cálculos: mudarse a otro lado. Sería muy complicado y perdería mucho dinero. Dos mudanzas seguidas serían demasiado. Además, nada le asegura que encontraría algo distinto. ¿Y si el mundo es así? Se pregunta ella recordando su propia historia. Siempre corrió algún peligro. Quizás no sea una circunstancia excepcional, sino la norma. Sus padres se esforzaron, a pesar de todo, por hacerla sentir segura, por mostrarle la mejor parte de un mundo que podía tener muchos matices. Ella supone que es una de las funciones de los padres, hacerles creer a los hijos que la vida es buena y merece ser vivida. Recuerda una película italiana de antes de que ella naciera, *La vida es bella*, que ganó muchos óscares y que trataba precisamente de eso, de un padre haciendo sentir a su hijo que estaba todo bien mientras la guerra les deparaba lo peor. Tal vez sus padres hicieron lo mismo, le ocultaron un mundo terrible. De una u otra manera, su vida siempre estuvo en riesgo. Se pregunta si es algo que le pasa a ella o es que el mundo es un lugar peligroso para todos. Piensa en la señora Murray.

—Fue peligroso para ella también —afirma Mina en una conclusión que no deja lugar a dudas. A Mina la persiguieron, pero a la señora Murray le dieron alcance, y según las expectativas del detective, difícilmente vuelva a aparecer. ¿Habrá sido el mismo delincuente? Es una posibilidad, pero recuerda la reunión, el único momento en que tuvo contacto con la mujer, y piensa en el señor Harrison. Aquel hombre parecía estar muy enemistado con la señora Murray y le reclamaba algo que Mina nunca comprendió. ¿Una cuota de qué? También recuerda la charla que escuchó detrás de la puerta del sótano entre una de las propietarias, la señora Vilma, y probablemente el mismo Harrison, en la que ella lo instaba a que la convenciera de algo. ¿Y si no logró convencerla? Si ella se siguió resistiendo, ¿podría el señor Harrison haber hecho algo violento? Esta hipótesis tiene un punto flojo: ¿Por qué el señor Harrison la perseguiría a ella? No había ningún motivo para ello. El señor Harrison tenía un problema con la señora Murray, no con ella, por lo que el delincuente que la persiguió no debería ser él.

Suena el timbre y Mina se endereza de golpe en la cama. La gata maúlla y salta a un lado para salir corriendo.

—Mierda —dice Mina, recobrando el aliento luego del susto provocado por el timbrazo. Se pone de pie y camina hasta la puerta para ver de qué se trata. Observa por la mirilla y ve a su vecina parada al otro lado. Piensa en qué querrá esa mujer, pero ha sido muy amable la vez anterior, así que no tiene por qué ignorarla. Abre la puerta.

—Hola, Peggy —saluda Mina—. ¿En qué puedo ayudarte?

—Hola, vecina —responde Peggy sonriente—. Solo vine a traerte esto.

La mujer le extiende una tarta de manzana.

—No debiste molestarte —dice Mina mientras toma el plato.

—No es molestia —dice Peggy manteniendo su sonrisa—. Me di cuenta de que no te recibí como correspondía, solo te hablé de muertes y cosas desagradables. Lo siento. Quería que tuvieras una mejor impresión.

—No era necesario —insiste Mina, pero en el fondo está feliz por tener esa tarta entre sus manos—. No tuve ninguna mala impresión, al contrario, es bueno enterarse de lo que pasa en la comunidad. Ahora con lo de la señora Murray, debemos estar atentas.

—¿Qué le pasa a la señora Murray? —pregunta Peggy intrigada. Al parecer, hay algo que se le ha escapado.

—¡Ah!, ¿no sabes nada? —dice Mina y piensa de nuevo, como lo hizo con Walter, en el intercambio de información. Debe dar algo para recibir algo.

—No —contesta Peggy, desesperada por saber—. ¿Qué pasó?

—Ha desaparecido —dice Mina en un tono de voz más bajo luego de mirar a ambos lados—. La policía está afuera, investigando. Hace dos días que nadie sabe nada de ella.

Peggy se lleva la mano a la boca como ahogando una expresión de asombro.

—Pobre mujer —dice Peggy mirándola a los ojos—. ¿Qué

le habrá pasado? ¿Sabes algo? Creo que esta comunidad está maldita.

—¿Por qué dices eso? —pregunta Mina frunciendo el ceño.

—Porque en los últimos años han desaparecido varias personas —responde Peggy y Mina, a pesar de la sorpresa, piensa en que aquí le llega la información.

—¿Quién ha desaparecido? —pregunta, impulsando a su vecina a hablar. Tal vez se entere de lo que el detective no quiso decir nada.

—El año pasado ha desaparecido el encargado al que reemplazó Walter —explica la mujer—. El año anterior desapareció un jardinero. Y hay varios vecinos que se mudaron de la noche a la mañana sin avisar a nadie.

—Lo de Margaret también fue extraño —agrega Mina, echando leña al fuego.

—¡Es verdad! —dice Peggy abriendo grandes los ojos—. Nadie vio el cadáver, excepto el señor Harrison, o al menos, eso dijo él. Ese hombre nunca me cayó nada bien.

Mina no dice nada. Otra vez el señor Harrison, tal vez no deba descartarlo como sospechoso tan rápido. Se queda pensando en lo que le dijo Peggy. Del encargado anterior sabía, se lo había contado Walter, pero del jardinero no tenía noticias. Ahora fue el turno de la señora Murray. ¿Habrá un asesino psicópata en la zona? ¿Tendrá que ver con las supersticiones en las que la señora Murray no creía? Tal vez de esto hablaba el detective Giaccobe, él debe saber de estas otras desapariciones.

Mina y Peggy se continúan mirando sin decir nada, en un incómodo silencio que al fin Mina se atreve a romper para dar por finalizado el encuentro.

—Gracias por la tarta de manzanas.

CAPÍTULO 20
UN ERROR DE CÁLCULO

AL LLEGAR LA NOCHE, Mina no lograba conciliar el sueño. Tal vez la tarta de manzanas le cayó pesada, había sido su cena y la comió entera. Estaba deliciosa y, comparada con lo que venía comiendo, le resultó un manjar. Le hizo recordar a la comida casera de su madre, la extrañaba. Pensó en salir a comprar alguna medicación para el estómago, pero desistió de la idea, no volvería a salir de noche. Con una mala experiencia fue suficiente. «No salgas de noche y cierra bien tu puerta» fueron las palabras del anciano que ella ignoró, no volverá a cometer ese error. Le gustaría cruzarse de nuevo a aquel hombre y pedirle explicaciones, era evidente que sabía de qué hablaba y lo había subestimado. Otra vez piensa en que el mundo es un lugar peligroso, ella lo sabía y el anciano también.

Mina se levantó de la cama luego de dar muchas vueltas y se acercó a la ventana. Miró el aparcamiento, pudo ver su coche donde lo dejó. Eso le hubiera dado tranquilidad de no ser porque también vio otra cosa. Vio a alguien vestido de oscuro, caminando entre los vehículos, camino a su edificio.

¿Su perseguidor? Se apartó rápido de la ventana. ¿Y si la estaba buscando de nuevo? Se quedó al costado apenas dos segundos, porque quería verle el rostro. Así que se asomó con sigilo y pudo ver mejor a la persona, era un hombre, tenía algún parecido al señor Harrison, pero no estaba segura. Mina volvió a ocultarse y por un instante pensó en bajar para descubrir hacia dónde iba aquel hombre a esa hora.

—Ni loca vuelvas a bajar —se dijo como amonestándose a sí misma—. ¿En qué estoy pensando? No aprendo nunca.

Mina vio al hombre vestido de negro tal como su perseguidor, solo que no utilizaba capucha, y debido a eso, pudo reconocerlo. Mina no quiso saber más nada y volvió a la cama. Se tapó hasta el cuello y no se volvió a levantar ni para ir al baño. Se obligó a quedarse quieta hasta dormirse.

Cuando se levantó por la mañana, lo hizo de mal humor. No había dormido bien y, una vez despierta, se sentía incómoda como para seguir acostada. Tomó su desayuno y se puso a trabajar, ya había estado bien de descanso, era hora de producir y olvidarse de temas misteriosos para los que no tenía explicación. Debía volver a la realidad. En ese sentido, recibió bien el mensaje de Thomas preguntándole si hoy iría al refugio. Le pareció una buena idea, se había sentido bien la última vez. Es una buena forma de pensar en otra cosa, no le preguntará a Thomas de desapariciones, ni nada. Cumplirá con lo que había prometido e irá a hacer servicio.

Cuando llega al refugio, Mina no encuentra nada raro. Esta vez no le escribe a Thomas primero, va directo a la puerta e ingresa. El muchacho la recibe como siempre, con una sonrisa. Van a la cocina y ayuda a preparar la comida. Esta vez es pasta, espagueti con estofado de ternera. Ella se encarga de que la pasta esté a punto. Luego va al comedor a servir. Es más o menos la misma gente la que se acerca a comer, incluso Mina reconoce varios rostros que había visto hace dos días. El almuerzo transcurre sin inconvenientes, y cuando ya han terminado, Mina y Thomas empiezan a lavar los platos. A ella le empieza a gustar esta rutina.

—¿Cómo te sientes haciendo esto? —le pregunta el muchacho al ver que realiza las labores de buena gana.

—Bien —responde ella sonriendo—. Estoy muy contenta de haber aceptado tu propuesta.

—Me alegro —afirma Thomas mientras continúa lavando—. A partir del próximo lunes, también serviremos la cena tres noches a la semana. Nos vendría bien tu ayuda.

—Lo tendré en cuenta —dice Mina, pensando rápido en cómo negarse de una manera elegante. No solo porque no está lista para dedicarle más tiempo a esa actividad, sino porque la idea de ir allí de noche no le resulta muy atractiva—, pero por el momento, no creo que pueda hacerlo. ¿Hace mucho que haces esto?

La pregunta de Mina no tiene otro objetivo que cambiar de tema. No desea que Thomas le insista porque no quiere dar explicaciones.

—Oh, sí —contesta él sin dejar de observar los platos y con un gesto como si estuviera rememorando algo—. Lo hago desde niño.

—¿Desde niño? —pregunta Mina, queriendo saber más—. ¿Cómo es eso?

—Mi padre fue quien creó esta institución —responde él mientras comienza a fregar una de las ollas—. En los sesenta. Luego de la guerra de Corea y en plena guerra de Vietnam, la gente comenzó a darse cuenta de que el sueño americano estaba en crisis. Mientras los *hippies* comenzaron a protestar contra el Gobierno, hubo gente, como mi padre y mi abuelo, que decidieron hacer algo contra la pobreza que se venía expandiendo. Con el apoyo económico de mi abuelo, mi padre, de apenas veinte años, inició este proyecto. Comenzó a funcionar a principios de los setenta.

—¡Oh!, es una buena historia familiar —dice Mina, sorprendida, no imaginaba algo así—. Tú seguiste con la tradición. ¿No tienes hermanos?

—En realidad, sí —dice Thomas mientras deja la olla y agarra unos cubiertos. En ese momento, el entusiasmo con el que había relatado su historia desaparece—. Tengo un hermano y una hermana mayores, pero ellos no quisieron saber nada con el refugio. Viven en otro estado y no sé demasiado de ellos. Es por eso que fui yo quien se hizo cargo de esto, mi padre ya era grande cuando yo nací y murió hace cuatro años. No pude disfrutar de su presencia lo suficiente. Esta es una forma de seguir conectado con él.

Mina no sabe qué decir. Nota la emoción en Thomas y le gustaría decir algo para contenerlo. Aunque no logra hacerlo. Extiende la mano para apoyarla en su hombro, pero se detiene y la retrae, nos sabe si el contacto físico, por mínimo que sea, pueda ser algo inadecuado. Por otro lado, piensa en lo desconsiderados que han sido sus hermanos. No imagina por qué podrían desentenderse de la familia de esa manera. Ella, que perdió a su hermano de pequeña, le hubiera gustado tener hermanos con quienes crecer y compartir su vida, por eso le cuesta entender este distanciamiento. Lamenta haber tocado ese tema y busca cómo levantarle el ánimo.

—Debes tener muchos recuerdos y anécdotas de este lugar —dice Mina, tratando de animarlo un poco.

—Sí, claro que sí —responde Thomas como recordando algunos de ellos—. Aquí ha pasado de todo.

Es entonces que Mina piensa que es un buen momento para sacarse una duda de encima. Si su padre fue quien construyó el refugio, debe saber a dónde lleva la puerta del sótano.

—El otro día cuando bajé al sótano —prosigue Mina de manera casual—, vi una vieja puerta cerrada con un candado. ¿Qué es eso?

—¡Oh! —exclama Thomas, dudando un instante—. Esa puerta también es responsabilidad de mi padre. Un tiempo después de terminado este edificio, él tuvo la brillante idea de querer agrandar el sótano y cavó en la tierra a un costado para hacer otra sala. Solo llegó a poner la puerta, porque cuando comenzaba a levantar las paredes, se vino la sala abajo. No sé si hubo algún temblor, que hay bastantes en esta zona, o si fue simplemente que apuntaló mal el lugar. La cuestión es que desistió de la idea, y en lugar de cerrar el hueco, porque estaba muy enfadado, cerró la puerta con candado y no se abrió nunca más. En cuanto pueda, contrataré a alguien para que la saque y repare el muro.

Mina se queda pensando. Tanta especulación inútil. La respuesta más simple siempre es la más probable. No hay ningún misterio con esa puerta, solo un error de cálculo, una habitación que nunca se construyó. El otro dato llamativo es el de los temblores, que Thomas mencionó sin darle mucha importancia y como si fuera algo que sucede desde siempre. Entonces, viene a su mente la otra puerta.

—Supongo que en el edificio pasó lo mismo —dice Mina en voz alta, como un pensamiento que se le escapa.

—¿A qué te refieres? —pregunta Thomas secándose las manos y mirándola fijo.

—A esa puerta rara que está en el sótano —explica ella, que también se seca las manos porque ya han terminado—. Debe haber sido otra habitación que se vino abajo. ¿No es así?

—Supongo que debe haber sido eso —responde él mirando hacia otro lado—. Nunca pregunté.

CAPÍTULO 21
DE ESTE TEMA NO SE HABLA

Mientras sale del refugio, Mina piensa en la respuesta que le acaba de dar Thomas. Le pareció, en principio, bastante rara: «Nunca pregunté». Por lo que dio a entender, vivió toda su vida aquí. De hecho, pareciera ser que su padre y su abuelo también lo hicieron. Eso hace que sea muy raro que no sepa a dónde conduce la puerta del sótano del edificio. Sin embargo, Mina piensa que tal vez está de nuevo especulando sobre cosas sin prueba alguna. Que su padre y su abuelo hayan sido los creadores del refugio no significa que hayan vivido en el complejo. Thomas nunca dijo eso. Tranquilamente, podría haberse mudado hace poco al complejo para estar más cerca del refugio y que su labor sea más sencilla. Debe tener cuidado con las conclusiones que saca, sin tener la información precisa, todo es pura presunción.

En fin, seguirá viendo a Thomas en el refugio, así que no faltará oportunidad para preguntarle cuánto hace que vive aquí. Una vez que sepa eso, evaluará si su respuesta sobre la puerta del sótano es rara o no. Por lo pronto, el misterio de la puerta del sótano del Refugio Monterrey para Indigentes ha sido resuelto. No es una salida por la que pudo haber escapado Stephen ni mucho menos, allí no hay nada. Ya averiguará, más tarde o más temprano, qué hay tras la puerta del subsuelo de su edificio. Por el momento, no ha tenido contacto con ninguno de los propietarios que manejan el complejo, solo los ha visto en la reunión, pero no entabló relación con ninguno. Por lo que dejó entrever Peggy, su vecina, los propietarios eran una especie de élite que se siente una casta aparte, por lo que parece difícil que pueda establecer una amistad con cualquiera de ellos.

No tarda nada en llegar a la entrada del edificio, son pocos pasos los que lo separan del refugio. Ve en la puerta al encargado. Está barriendo el vestíbulo.

—Hola, Walter —saluda ella mientras ingresa, la puerta está abierta.

—Hola, Mina —responde el hombre sin dejar de barrer—. ¿Cómo le va?

—Todavía en *shock* por lo de ayer —contesta Mina, que casi por instinto aprovecha la oportunidad para obtener más datos. Si no la hubieran perseguido la otra noche, tal vez no estaría tan preocupada por la presidenta del consejo. Pero la posibilidad de que ambas cosas estén relacionadas, como lo planteó el detective, hace que ella siga de cerca el asunto—. ¿Se sabe algo de la señora Murray?

—Nada aún —dice el encargado poniendo cara de preocupación. Deja de barrer y apoya las dos manos sobre el escobillón—. Hoy pregunté y todavía no ha aparecido.

—Ya veremos —dice Mina, frustrada, y se aleja de Walter para subir por la escalera. No tiene a quién más preguntarle.

Vuelve a pensar en Thomas. Él no le habló sobre lo sucedido con la señora Murray, quizás no sabía nada, no tenía por qué saberlo. Se frena en el descanso de la escalera y duda si seguir hacia arriba o volver a bajar. Piensa que podría preguntarle a Walter sobre Thomas, quiere saber hace cuánto vive en el complejo. Menea la cabeza, parecería demasiado entrometida si preguntara algo así, más aún si lo hiciera de este modo. En todo caso, debería ser algo más casual. Además, Walter hace solo un año que está en el complejo, difícilmente conozca la historia de cada uno de los miembros de la comunidad. Sin embargo, hay otra cosa que quiere preguntar, así que baja los pocos escalones que acaba de subir.

—Walter —dice ella como si hubiera recordado algo de pronto.

—¿Sí? —responde él a la vez que vuelve a detenerse, ya había empezado a barrer de nuevo.

—El otro día conocí a un señor mayor que usaba bastón —explica Mina mientras busca una excusa para hacer la pregunta—. Lo acompañé al segundo piso, me pareció un hombre muy agradable y quería pasar a saludarlo. ¿Sabes en qué apartamento vive?

No se le ocurrió ninguna buena excusa.

—¿El señor Fisher? —pregunta Walter, sorprendido—. ¿Le pareció agradable? Es la primera persona a la que el señor Fisher le parece agradable. Vive en el segundo C.

—¿Por qué dices eso, Walter? —pregunta Mina, que no esperaba esa respuesta.

—Bueno —dice el encargado, sopesando sus palabras—, es una persona bastante malhumorada y dicen que no está bien de la cabeza. Incluso hay quien afirma que es un nazi que escapó de Alemania después de la guerra.

—Okey —contesta Mina pensativa—. Gracias por el aviso.

Mina se da media vuelta y vuelve a las escaleras. Sube pensando en lo que dijo el encargado. Ella no lo vio malhumorado hasta su advertencia final. También creyó que no estaba en sus cabales, pero la realidad le dio la razón al anciano, cuya advertencia resultó ser certera. Este aviso de Walter, sin embargo, la hace dudar sobre visitar al anciano, como lo había pensado. Ya verá más adelante.

Mina llega a su apartamento y se da cuenta de que tiene hambre. Estuvo sirviendo el almuerzo, pero ella no comió nada, así que se prepara un sándwich. Se sienta con la comida a la mesa frente a su portátil, tiene que trabajar. Abre los correos cuando suena el teléfono. Mina observa que es un número desconocido y atiende.

—Hola, Mina —dice la voz de un hombre que ella al principio no reconoce—. Soy el detective Vincent Giaccobe. Obtuve tu número de la declaración que diste el día que te persiguieron. Espero que no te moleste que te llame.

—No, no hay problema —responde Mina, sorprendida, no esperaba recibir este llamado—. ¿Ha pasado algo?

—No, no ha sucedido nada —explica el detective, intentando tranquilizarla—. Solo quería saber cómo te encontrabas, te vi muy nerviosa ayer.

—Me encuentro bien —contesta Mina, agradecida por la deferencia—, gracias por preocuparte.

—No es nada —responde el detective con cortesía—. No tuviste ningún otro encuentro con tu perseguidor, ¿verdad?

—Gracias a Dios, no —contesta Mina con sinceridad.

—¿Tampoco te has enterado de nada nuevo? —insiste el detective a modo de interrogatorio.

—En realidad —dice Mina, haciendo un recuento de lo que sabe—, me enteré de que el año pasado desapareció el anterior encargado del edificio y, antes que este, también desapareció un jardinero. Pero supongo que esto ya lo sabías.

—No —contesta el detective—, no sabía nada. No hay ninguna denuncia al respecto.

—¡Ah! —exclama Mina como si estuviera confundida, dándose cuenta de que tal vez haya cosas que aún no sabe—.

Como ayer hiciste un comentario acerca de que la gente no volvía a aparecer, pensé que te referías a estas personas.

—Entiendo —dice Vincent Giaccobe y hace un pequeño silencio, dudando si decir algo que tiene en mente o no—. Han desaparecido más personas, pero esto que me dices es nuevo. Sabes los nombres de esta gente.

—No —contesta Mina—, hace menos de una semana que vivo aquí, no llegué a conocerlos.

—Está bien —contesta el detective—. Esas personas debían tener un contrato, sé dónde buscar los registros para conocer sus nombres. Te agradezco el dato, lo investigaré. Cualquier cosa, llámame, por favor.

—Espera —dice Mina antes de que el detective Giaccobe termine la llamada—. Me dijiste que han desaparecido más personas. ¿Han sido más de una? ¿Quiénes eran, gente del complejo?

—La verdad es que no puedo hablar del tema —responde el detective, excusándose de no explicar nada—. Ya me he metido en problemas por investigar sobre algunas cosas del complejo y mis jefes me prohibieron que vuelva allí. De hecho, me reprocharon que hubiera ido ayer, habían asignado a otro detective, pero al enterarme de la denuncia, fui a ver qué pasó sin autorización.

—Pero ¿por qué? —pregunta Mina casi entusiasmada, al fin ha encontrado alguien que comparte su preocupación—. ¿Qué es lo que te ha sucedido con el complejo?

—Como te dije antes —contesta el detective, evitando claramente una respuesta directa—, investigaré lo que me dijiste, y si descubro algo, te mantendré al tanto. En cuanto a lo que me sucedió a mí, es largo de explicar, y no es el momento. Además, es algo personal.

CAPÍTULO 22
EL ANCIANO DEL SEGUNDO C

CUATRO HORAS PASARON desde que Mina volvió del refugio. Estuvo trabajando con un cliente que presentaba una alerta de seguridad. Se trata de un pequeño sitio web de seguimiento de criptomonedas que está planeando ampliarse dentro de un par de meses para comenzar también a comercializar. Es por eso que en esta etapa es necesario revisar el sistema y encontrar todos los posibles fallos de seguridad. La plataforma detectó «movimientos extraños en horas inusuales», y normalmente cuando pasa esto, siempre hay detrás algo ilícito. La llamaron para que encontrara el problema. Le llevó bastante tiempo hacerlo, pero lo encontró. Fue un intento de hackeo frustrado, ya que lograron entrar a un sistema periférico a través del ordenador de uno de los ingenieros del sistema. Llegaron a interferir una de las cuentas de *e-mail* de la empresa que no manejaba información vital. El ingeniero tendrá que dar explicaciones.

Mina cierra el portátil, satisfecha. El cliente le agradeció, así que todos contentos. Es bueno retomar la actividad. Estuvo más de tres horas sin pensar en los misterios del complejo, pero apenas terminó el trabajo, esos pensamientos volvieron a su mente.

—Tal vez deba investigar en línea —dice Mina en voz alta y extiende la mano para volver a abrir el ordenador. Sin embargo, se detiene. Piensa que no puede seguir así, está obsesionada con este tema. Algo debe hacer. Está segura de lo que haría su madre: «Ir hasta donde está ese cretino y patearle el trasero». Pero ella no es su madre y no sabe si podría hacer algo así. Además, tampoco sabría por dónde empezar. A Thomas no quiere preguntarle porque está teniendo con él una buena relación y no quiere arruinarla por entrometida. El encargado parece no saber más de lo que le ha dicho. Su vecina tampoco. El único que sabe algo y no lo está diciendo es el detective Vincent Giaccobe. Ya habló con él y no le quiso contar nada nuevo. Más no puede hacer, no tiene sentido que lo vuelva a llamar. Y aquí se le acaban las pistas, no tiene con quién más hablar. A no ser…

—El anciano —dice Mina en voz baja.

Se estaba olvidando de este hombre, el señor Fisher, que fue el único que le advirtió de los peligros del complejo. Si bien al principio Mina pensó que el anciano estaba desvariando o solo pretendía asustarla, los episodios posteriores confirmaron que estaba hablando en serio. El dato de los terremotos fue el que más le llamó la atención, fue muy específico en sus palabras: «No salgas de noche y cierra bien tu puerta. Sobre todo si sientes algún temblor».

—No, esto no es casualidad —se dice Mina a sí misma y se levanta de la mesa. Irá a ver al señor Fisher, para algo había averiguado el número de su apartamento. Aún no sabe con qué excusa le tocará el timbre, pero espera que algo se le ocurra por el camino.

Utiliza la escalera para subir al segundo piso. Camina hasta la puerta del apartamento C y se para frente a ella. Se queda allí unos segundos sin decidirse a tocar, aún no sabe qué le va a decir. Bueno, comenzará por presentarse.

Toca el timbre y, al cabo de unos instantes, la puerta se abre. Se asoma el señor Fisher y se le queda mirando sin decir nada. Mina sonríe y se presenta.

—Hola, no sé si me recuerda, nos cruzamos en el ascensor hace unos días. Mi nombre es Mina.

El anciano la sigue mirando, inmutable. Parece que hasta el momento no tiene intenciones de hablar, así que Mina prosigue.

—Usted me dijo que no saliera de noche y menos aún si había temblores. Quería saber por qué me dijo eso.

El hombre sigue mirándola fijo, como si no le interesara lo que le está diciendo o, aún peor, como si le resultara una molestia. Mina continúa esperando que el hombre diga algo, ella no sabe qué hacer. El hombre entonces comienza a cerrar la puerta. Mina hace un último intento al ver que está desperdiciando la oportunidad de descubrir algo más.

—Por favor, señor Fisher —suplica Mina mientras la puerta termina de cerrarse—. No le hice caso, salí la noche del temblor y un hombre me atacó, apenas pude escapar.

Ella permanece de pie frente a la puerta cerrada. Baja la cabeza, resignada. No solo ha perdido el tiempo, sino que quedó como una estúpida, hablándole a un hombre que no tenía ninguna intención de escucharla. Sin embargo, oye el ruido del picaporte y la puerta se vuelve a abrir, despacio. El señor Fisher la mira otra vez a los ojos, como si buscara algo dentro de su mirada.

—Pasa —dice el hombre, haciéndose hacia un lado para que ella entre. Mina ingresa al apartamento y la puerta se cierra detrás de ella.

CAPÍTULO 23
LO SIENTO, ADIÓS

Mina hubiera imaginado un lugar cargado de muebles antiguos y fotos en blanco y negro dentro de marcos ornamentados de un color oscuro. Pero nada de ello encontró en la casa del señor Fisher. Supone que esa idea la había sacado del cine, ya que nunca conoció a sus abuelos, por lo cual no sabía cómo eran las casas de las personas mayores. Aquí no hay nada de eso que había fantaseado. Aunque sí un sillón de cuero contra la pared frente al televisor, que no era muy grande pero sí un poco más ancho que los televisores que ella conoce. Tal vez así fue la primera generación de televisores planos. Además, una mesa y cuatro sillas simples. Solo una foto «a color» en la pared. En ella se ve a una pareja joven. Mina se da cuenta de que ese jovencito de la imagen es el mismísimo señor Fisher. En fin, es una casa como la de cualquiera, y si bien los muebles no son modernos, tampoco es un anticuario.

El señor Fisher pasa junto a ella. Camina apoyado sobre su bastón y se acerca a la mesa. Aparta una silla y le hace una seña a Mina para que se siente. Él rodea la mesa, corre otra silla y se sienta, apoya el bastón contra la mesa. Recién entonces ella avanza hasta la mesa y se sienta.

—Disculpa el recibimiento —dice el hombre juntando las manos sobre la mesa—. No estoy acostumbrado a tener visitas, y los vecinos no me tienen en alta estima.

—No se preocupe, señor Fisher —responde Mina—. Fui yo quien vine sin avisar, y lo que digan los vecinos, me tiene sin cuidado.

—¿Sabes lo que dicen de mí? —pregunta el anciano.

—Me han dicho algunas cosas —contesta Mina con una sonrisa—, pero la gente habla por hablar, no me interesa demasiado.

—¿Te han dicho que soy un viejo odioso, que estoy loco, que soy un nazi? —pregunta Fisher como si hubiera escuchado lo que el encargado había dicho—. Lo cierto es que soy viejo. Odioso tal vez. ¿Loco? Ningún loco te va a decir que está loco, así que no tengo forma de desmentirlo.

—Para ser nazi, debería tener más de cien años —agrega Mina, sonriendo, al notar que el hombre tiene un humor muy particular—, para lo cual le faltan algunas décadas.

—¡Ja, ja! —El señor Fisher lanza una estruendosa carcajada y se echa hacia atrás—. Es bueno tener una vecina que sepa un poco de historia. Estos ignorantes piensan que todo viejo con apellido alemán es un nazi. Pero no, yo nací en Nebraska. De todos modos, no pondría las manos en el fuego por mi padre, él sí vino de Alemania al final de la guerra, y si bien nunca lo admitió, creo que pertenecía al partido. Pero son solo suposiciones, nada tengo yo que ver con eso.

—Creo que en la Alemania de esa época —dice Mina, que siempre tuvo fascinación por las cosas de ese período histórico—, si no estabas con los nazis, tu vida corría peligro. Así que no culparía a su padre.

El señor Fisher la mira a Mina y vuelve a ponerse serio. Se

da cuenta de que la joven frente a él no se deja llevar por lo que dicen los demás, parece tener un pensamiento crítico interesante.

—Cuéntame lo que te pasó —dice cambiando de tema drásticamente.

—Sí —dice Mina cambiando también de actitud—. La otra noche me desperté algo descompuesta. Supuse que había una pérdida de gas, así que ventilé el apartamento y salí a la calle. Decidí ir al centro de compras y, mientras caminaba, noté que alguien venía detrás de mí. Aceleré el paso y la persona comenzó a perseguirme. Casi me atrapa, pero logré llegar al centro de compras. El hombre que me perseguía desistió y huyó. Luego me enteré de que esa noche se sintió un temblor. Ahí fue cuando recordé sus palabras y por eso vine hoy aquí.

—Me alegro de que hayas podido escapar —dice el anciano—, no todos han tenido tu misma suerte.

—¿A qué se refiere? —pregunta Mina.

—Eran principios de los setenta —explica el señor Fisher —, apenas se había inaugurado el complejo. Vine de Nebraska con mi esposa, Jenny. Éramos una pareja joven de recién casados. La empresa en la que trabajaba por aquel entonces estaba abriendo una nueva sucursal en Monterrey, así que me ofrecieron un ascenso si me trasladaba aquí. Con la expectativa de formar una familia, decidimos aceptar la propuesta laboral con muchos beneficios económicos y nos mudamos.

Mina escucha el relato con atención. Quiere preguntarle qué edad tenía y algunos otros detalles, pero lo ve tan compenetrado en sus recuerdos que prefiere no interrumpir.

—El entusiasmo nos duró menos de un mes —continúa Fisher—. Debí viajar a Nebraska porque había una reunión importante de la empresa. No quería ir, no me gustaba la idea de dejarla sola en una ciudad nueva. Pero Jenny me insistió para que fuera, no quería que descuide mi carrera por ella. En cuanto llegué a la central, una noche de viernes, la llamé por teléfono para avisarle. Cuando ella me atendió, la noté nerviosa. Le pregunté qué le pasaba y me dijo que no era nada, que había habido un pequeño temblor.

Cuando Mina escucha esas palabras, se pone tensa. Lo que había comenzado como una linda historia, ella intuye que se transformará en un drama. Nuevamente permanece callada sin decir nada, espera estar equivocada y que el anciano le diga algo distinto de lo que imagina.

—Le dije que se quedara tranquila —prosigue el señor Fisher—, que los temblores eran usuales en California. Que en todo caso, si volvía a suceder, que bajara al parque del complejo, que en aquella época llegaba hasta la mitad del *parking*. Al día siguiente, cuando la volví a llamar por la noche, ya que era el horario en el que acordamos que la llamaría, ya no me atendió. En aquel entonces, solo había teléfonos de línea fija, los móviles eran algo de la ciencia ficción, por lo que era necesario coordinar el momento para hablar. Me preocupó no encontrarla, pero no había mucho que pudiera hacer. Así que esperé hasta el día siguiente. Allí comencé a llamarla desde temprano, lo hice varias veces durante todo el día y no obtuve respuesta. Al otro día, tomé el primer vuelo a Los Ángeles que encontré y luego renté un coche para venir hasta aquí. Entré al apartamento y ella no estaba. Encontré una nota sobre esta misma mesa, escrita con mi máquina de escribir. Decía: «Lo siento, adiós». No entendí lo que significaba. Llamé por teléfono a mis suegros y les conté lo que pasaba. Les pregunté si sabían algo de ella. Me dijeron que no, que no tenían novedades. A partir de allí fue todo una especie de locura. Pregunté al encargado y a los vecinos, nadie sabía nada. Hice la denuncia a la policía, ellos vinieron aquí a revisar el lugar. Me preguntaron si faltaba su ropa y les dije que sí. Había notado que no estaba una de nuestras maletas y algo de su ropa. Ellos llegaron a la conclusión de que Jenny me había abandonado. Pero yo sé que no fue así. ¿Quién escribe una nota de despedida de tres palabras en una máquina de escribir? Algo le pasó, nunca más supe de ella.

CAPÍTULO 24
¿POR QUÉ HARÍA ALGO ASÍ?

EL SEÑOR FISHER hace silencio y Mina advierte que al hombre se le han humedecido los ojos. El anciano baja la mirada un instante y, cuando la vuelve a subir, ya no es dolor lo que se ve en esos ojos claros, sino ira. Tal vez una combinación de ambos.

—Jenny no me hubiera abandonado —prosigue el señor Fisher en un tono neutro, como si quisiera ocultar su verdadero estado de ánimo—. Y menos de esa manera, sin dar explicaciones. Tampoco sus padres supieron nada de su paradero. Me mantuve en contacto con ellos hasta que dejaron este mundo. Jamás volvieron a tener una señal de vida de su hija. Busqué en hospitales, instituciones psiquiátricas e incluso en la cárcel, pero nada.

—¿Usted tiene alguna teoría de lo que sucedió? —pregunta Mina conmovida por el relato.

—No —dice el hombre frunciendo el ceño—. Solo sé que ella no sabía utilizar la máquina de escribir, así que nunca podría haberse despedido de esa manera. Alguien se la llevó y utilizó mi máquina para dejar esa nota falsa. Por lo tanto, tuvo que ser alguien del complejo, que pudo entrar y salir del lugar sin llamar la atención. Aquí no encontré ningún signo de violencia, por lo que debieron secuestrarla afuera y luego entrar para simular que me abandonó, escribir la nota y llevarse algo de ropa.

—Y esto sucedió justo después de un temblor —agrega Mina, buscando en su pensamiento alguna relación entre una cosa y otra—, por eso fue su advertencia del otro día.

—Sí —contesta él—. En cierto sentido, me siento responsable de lo que le pasó. Yo no estaba aquí, y cuando hablamos por teléfono, le dije que saliera del edificio. Si no le hubiera dado ese consejo, posiblemente no hubiera pasado nada.

—Usted le dio el consejo más sensato —dice Mina tratando de confortarlo—. En medio de un sismo, es mejor estar en la calle que dentro del edificio. Cualquiera hubiera sugerido lo mismo. Además, es imposible saber qué hubiera pasado.

—Tal vez —responde el anciano mirando sus manos sobre la mesa—, pero no estuve aquí cuando debía estarlo.

—Desde entonces —dice Mina, tratando de sacarlo de ese estado de culpa en el que el hombre está entrando—, ¿ha sabido que suceda algo parecido?

—Ha habido muchos rumores de gente que se va del complejo, sorpresivamente, sin que nadie se entere —responde el señor Fisher—. Hubo algunas personas que vinieron buscando a familiares que no les respondían y que nadie sabía dónde estaban. No exagero si digo que una decena de vecinos ha desaparecido sin dejar rastro en los últimos cincuenta años.

—Eso es mucho —dice Mina pensativa—. Creo que supera cualquier estadística posible. Un promedio de una persona desaparecida cada cinco años.

—Al menos, esos son los casos de los que me he enterado

—aclara Fisher—. Es imposible saber si hubo más personas perdidas, que por no tener familia o gente que se preocupara por ellas, nadie se enteró.

—¿La policía no investigó esos casos? —pregunta Mina, concentrándose en los casos que el anciano pudo comprobar. Ella no entiende el desinterés de las autoridades.

—La policía ni siquiera se acerca al complejo —explica el hombre, enfadado—. La mayoría de las personas que desaparecen son inquilinos. Cuando la policía les pregunta sobre ellos a los propietarios de los apartamentos, todos presentan documentos firmados con la rescisión del contrato de alquiler. Por lo que, de esa manera, se desliga al complejo de cualquier responsabilidad.

—¿Está diciendo que esos documentos son falsos? —pregunta Mina.

—Tanto como la nota que me escribieron a máquina —contesta Fisher.

—Pero eso significaría… —dice Mina, pensando dos veces lo que va a decir— que algunos propietarios están implicados.

El señor Fisher levanta una ceja como toda respuesta y se le queda mirando.

—Cuando nos mudamos aquí —dice el anciano—, el complejo estaba recién inaugurado. Desde entonces, siguen estando los mismos propietarios o sus hijos. Lo que sea que hagan, parece ser una tradición familiar.

Mina no imagina qué puede estar haciendo esta gente. Menos aún, si como dice el señor Fisher, hace cincuenta años que lo vienen haciendo.

—¿Cómo se enteró usted de esto? —consulta Mina al comprender que Fisher tiene datos demasiado precisos, no son cosas que un vecino pudiera saber, más sin ser amigo de los propietarios, y claramente, el señor Fisher no lo es.

—Como te dije al principio —responde el hombre echándose atrás en la silla—, la policía desestimó mi caso enseguida. Sin embargo, hubo un oficial novato que fue quien tomó mi denuncia. Ese jovencito me creyó, Tony Giaccobe era su nombre. A lo largo de los años me lo crucé cada tanto y me comentaba las novedades.

A Mina le resuena ese nombre y piensa en Vincent, el detective. ¿No tenía acaso el mismo apellido? Cuando vuelva a su apartamento, buscará la tarjeta y lo verificará.

—Él nunca me lo confirmó —prosigue Fisher—, pero estoy seguro de que desconfiaba de sus superiores. La última vez que lo vi fue hace veinte años. Tony ya era detective. Vino al complejo por una de esas denuncias. Solo que no la descartó, como lo venían haciendo sus compañeros, siguió investigando hasta que, un día, simplemente no supe más de él. Desde entonces, no me he enterado de más denuncias. Solo he sabido lo que he llegado a ver, nada más.

—¿Qué ha visto? —pregunta Mina, queriendo saber cada cosa de la que se ha enterado el señor Fisher—. ¿Cosas raras?

—Sí —responde él—. He visto gente andando de noche por el *parking*, en horarios en que no deberían estar ahí. He escuchado gente dentro del sótano, también en horarios nada habituales. Las veces que los pude reconocer, fueron siempre miembros del consejo.

Mina no había sospechado en todos los miembros del consejo, hasta ahora. También está el tema del sótano, ella también los escuchó hablar allí. Está segura de que, lo que sea que suceda en ese lugar, está relacionado con la puerta misteriosa. Tal vez el señor Fisher sepa algo sobre eso también.

—Con respecto al sótano —dice Mina—. ¿Sabe algo de la puerta misteriosa con candado?

—¿De qué puerta hablas? —pregunta el hombre sin comprender.

—De la extraña puerta de metal que está en el sótano —explica Mina, sorprendida de que el hombre no sepa de la puerta—, la tiene que haber visto.

—No —responde él también sorprendido—. Nunca bajé al sótano, está prohibido hacerlo. Solo tiene acceso al subsuelo el encargado o personal técnico que viene a hacer alguna reparación. ¿Cómo es que tú bajaste allí?

—Bajé el primer día que llegué —responde Mina de manera inocente—. No tenía agua caliente y acompañé a Walter hasta el sótano para revisar las tuberías.

—¿Y él te dejó entrar? —insiste el señor Fisher.

—Sí —responde ella, que también se queda pensando por qué la dejaron bajar.

—Bueno, niña —dice el anciano mirándola extrañado, como si viera en ella algo particular—. Entraste al sótano donde nunca ningún inquilino ha entrado y ahora estás aquí, dónde ninguna mujer ha entrado en los últimos cincuenta años. En verdad eres especial. No me equivoqué contigo.

—¿A qué se refiere? —pregunta Mina al no comprender eso de especial.

—La otra vez, cuando te advertí de lo que puede pasar en este lugar —explica el hombre—, no sé bien por qué lo hice. Simplemente, sentí la necesidad de cuidarte, como no lo hice con mi Jenny. No es que te parezcas a ella, pero me haces sentir en familia. Creo que tienes un don, niña. Haces que la gente se sienta confiada a tu lado.

Mina no dice nada, hace mucho que no le decían algo así, y no sabe si agradecerlo o negarlo. Recordó que de adolescente, cuando pasaba por algún mal momento y sus padres la reconfortaban, también le decían que era especial, pero siempre se negaron a decirle por qué. Cuando ella preguntaba, decían que solo era algo que ellos sentían, nada más.

Mina observa que el señor Fisher continúa mirándola, y ella se da cuenta de que hay algo que no entiende.

—Supongo que haberse quedado viviendo acá —dice Mina— le trae recuerdos que lo mantienen sufriendo. ¿Por qué nunca se mudó?

—¿Mudarme? —repregunta el señor Fisher—. ¿Por qué haría algo así? La sigo esperando.

CAPÍTULO 25
EL INDIGENTE

Lo PRIMERO QUE hizo Mina al regresar al apartamento fue buscar la tarjeta del detective. Al encontrarla, comprobó lo que le había parecido, tenía el mismo apellido que el policía que le había creído al señor Fisher. Esto no podía ser una simple coincidencia. Sin duda, eran familiares, quizás padre e hijo. Lo ha visto en una decena de series y películas: el hijo sigue los pasos del padre y se transforma en policía. Mina cree que a eso se refería Vincent cuando dijo que se trataba de algo «personal». Él quiere continuar con la investigación de su padre. Si las autoridades estaban implicadas en lo que sea que estuviera pasando, era posible que le hayan prohibido a Tony Giaccobe seguir investigando.

Mina preparó la cena para Wifi y luego se hizo la suya, nada elaborado, hamburguesa con ensalada, y luego ambas se fueron a acostar. Pensó que le costaría dormir, pero no fue así. Se durmió de inmediato y pasó la noche sin problemas.

Al despertarse a la mañana siguiente, intenta recordar sus sueños, pero no lo logra. Sabe que tuvo pesadillas, incluso cree que en esos sueños ella desaparecía, pero no se acuerda con exactitud lo que sucedía, es solo una sensación. La conversación con el señor Fisher la dejó pensando en ese tema, que continuó en los sueños. ¿Cuánto tiempo hace que desaparece gente? Desde que se inauguró el complejo, vienen pasando «cosas raras». Es posible que Jenny sea entonces la primera persona desaparecida de una larga lista no verificada. El problema fundamental es que no hay nada confirmado oficialmente. ¿La policía está implicada? No puede ser que haya varios casos de gente perdida que nunca es encontrada y no haya una investigación policial a fondo. Mina cree que tal vez deba preguntarle al detective Giaccobe. Si su padre participó en esto desde el principio, es quien podría tener la mejor información sobre el tema. Quizás por eso no le dio a Mina todos los datos que le consultó. Ella piensa que el detective puede estar al tanto de algo fraudulento dentro de la fuerza policial y por eso evita entrar en detalles. Incluso esto puede haber llevado al retiro de su padre. Según el señor Fisher, luego del caso que Tony Giaccobe intentó investigar a fondo, no lo volvió a ver nunca más. Es probable que haya descubierto algo y, que por eso, haya sido transferido u obligado a retirarse. Si vuelve a hablar con Vincent, tratará de que le cuente al respecto. Por ahora, lo mejor es que deje de pensar en eso, que se ponga a trabajar y que se olvide del tema. Sabe que lo que está sucediendo en el complejo no es broma ni imaginaciones suyas. El relato del anciano fue lo que necesitaba para comprobarlo. Sin embargo, este tema no puede ser el centro de su vida. Tiene que trabajar, generar ingresos, y si es necesario y su situación en este lugar se hace insostenible, volver a mudarse. Así que desayuna y, luego de terminar su café, acerca el ordenador para revisar los *e-mails*.

—¡Qué diablos! —exclama Mina cuando ve que el ordenador está apagado—. ¿Qué ha pasado ahora?

Por más que presiona la tecla de encendido, el aparato no

reacciona. Evidentemente, la batería del portátil no tiene carga. Es extraño porque la dejó enchufada toda la noche. Agarra el cable para volver a cargarla y percibe un olor extraño. Lo acerca a la nariz y se da cuenta de que tiene olor a quemado. Mira entonces el tomacorriente en la pared, al que estuvo conectada la fuente, y lo ve negro. Se muerde el labio inferior para no maldecir. Necesita que el ordenador funcione. Se fija en el móvil una tienda de insumos de computación. Encuentra una a ocho calles. Se viste. Está cansada de usar la misma vestimenta, hoy le llegará la valija con ropa que le pidió a su madre ayer por WhatsApp. No quiso llamarla para no tener que contarle lo que está pasando, así que le escribió de forma escueta y respondió a las preguntas de su madre de la misma manera, arguyendo que estaba muy ocupada con el trabajo.

Sale del edificio y esta vez utiliza el coche, ya hace varios días que no lo enciende, y su padre le había advertido que los coches viejos hay que ponerlos en marcha cada tanto. No sabe por qué, pero si su padre se lo dijo, por algo será. El vehículo enciende sin problemas y va hasta la tienda.

Trae consigo el cable quemado y se lo muestra al vendedor. Compra el sustituto y sale de la tienda. Fue solo un contratiempo, nada más. Debe recordar no utilizar ese tomacorriente que está dañado. Le pedirá a Walter que lo revise y lo arregle. Cuando está por entrar al coche, que dejó aparcado en la calle, ve a un indigente revisando la basura. Piensa en que no tiene necesidad de hacer eso con el refugio tan cerca. Cierra la puerta del coche, que acababa de abrir, y camina hasta el hombre.

—Perdón —le dice Mina, que se ha detenido a espaldas del indigente. Este deja de revisar la basura y se da vuelta para mirarla—. ¿Puedo ayudarlo en algo?

El hombre sonríe.

—¿No tiene algún dólar que le sobre? —pregunta el indigente extendiendo la mano—. No tengo qué comer.

—Dinero no tengo para darle —responde Mina—, pero aquí a pocas calles está el refugio Monterrey, que da almuerzo a la gente que lo necesita. Puede acercarse ahí si quiere y recibirá ayuda.

Al indigente se le borra la sonrisa y da un paso atrás.

—Ni loco voy a ese lugar —dice sacudiendo su mano como si quisiera deshacerse de Mina.

—¿Por qué dice eso? —pregunta ella, sorprendida por la reacción de ese hombre.

—Ese lugar es una trampa —continúa el hombre mientras se huele la mano como verificando que no haya tocado nada muy podrido—. Se sabe cuando entras, pero no cuando sales.

—No entiendo —insiste Mina—. ¿A qué se refiere?

—Digo que varios compañeros nunca salieron de allí —prosigue el hombre, acercándose a Mina de manera amenazante—. Todos lo saben, ese lugar es una trampa. ¡Ya lárgate, no me molestes!

El grito final del indigente hace que Mina retroceda y se aleje. Se apura para llegar al coche y se introduce en él. Cierra las puertas con traba y se queda sentada recuperando el aire. Las sorpresas no paran.

CAPÍTULO 26
PASA TODO EL TIEMPO

MINA LLEGA ENSEGUIDA A SU CASA. Luego de tomarse unos segundos en el coche para recomponerse, ya que la amenaza de un ataque de pánico la sintió de inmediato, encendió su Corolla y regresó al complejo. Se cruzó en la entrada del edificio con alguien a quien no conocía y ni siquiera le dio un buenos días. Subió rápido a su apartamento, como casi siempre, por las escaleras.

Ya dentro, cerró con llave y fue derecho al portátil. Conectó el cable nuevo al aparato y buscó un tomacorriente distinto. No tiene otro cerca de donde está la mesa, así que llevó el portátil a la cama. Más tarde comprará un alargue para tener en estos casos, no sabe cuánto demorará en arreglarse el tomacorriente de la sala. Enchufa el portátil y presiona la tecla de encendido. El dispositivo tarda unos instantes en reaccionar, pero al fin lo hace. Al estar la batería totalmente descargada, se demora más de lo habitual en encender, pero ya está.

Ubicada en la cama y con el ordenador funcionando, en

lugar de ponerse a trabajar, que era lo que había planeado más temprano, decide hacer otra cosa. El encuentro con el indigente en la calle la puso a pensar en muchas cosas. Primero, debió reponerse del susto que le dio aquel hombre. Eso que dijo sobre que hubo indigentes que entraron, pero no salieron de allí, se le pega a Mina con el tema de las desapariciones. ¿Será que también ha desaparecido gente del refugio? Por esta pregunta es que Mina está sentada en la cama con el ordenador sobre las piernas, quiere revisar en internet si hay alguna información al respecto.

Busca noticias que hablen de indigentes desaparecidos en el Refugio Monterrey. No encuentra nada que incluya la palabra refugio, pero sí sobre la desaparición de un indigente en esta ciudad hace cuatro años. Fue un caso que llegó a los medios porque era un hombre conocido de la zona. Era un señor mayor que hacía años que estaba en las calles y realizaba pequeños trabajos para los negocios locales. Limpiaba vidrios, barría la acera o cualquier otra labor que se le pidiera, todo a cambio de unos dólares o algo de comer. De hecho, fueron los mismos vecinos, que le tenían aprecio, los que denunciaron la desaparición de este hombre. Mina busca más información sobre este caso, y encuentra no solo algunos artículos en los diarios, sino también dos notas en la cadena estatal de TV. Mina ve las dos entrevistas y siempre la gente hablaba con cariño de este hombre. Sin embargo, en una de ellas, aparece un indigente diciendo algo que parece desviarse del guion. Cuenta que no es el único desaparecido, que pasa todo el tiempo, pero el periodista no le da mucha importancia y sigue con otro tema.

Mina respira profundo y se queda mirando la pantalla. Analiza lo que acaba de ver, y no solo la desaparición de este hombre cuadra con lo que le dijo el indigente en la calle, sino que las palabras en la TV del otro hombre se lo confirma de pleno: «pasa todo el tiempo». Aun así, nada conecta a estas supuestas desapariciones con el refugio. Además, hay una sola desaparición confirmada, el resto son solo rumores. Entonces, sigue buscando y debe remontarse veinte años atrás para encontrar otra desaparición, pero no hay muchos datos al respecto, es un pequeño artículo de un viejo periódico, nada más. Se da cuenta de que por este camino no descubrirá nada. Dos desapariciones en veinte años no comprueban que esté sucediendo algo sistemáticamente, más cuando entre los títulos que le mostró Google hay indigentes desaparecidos en todo el país. Por otro lado, el refugio tiene cincuenta años, por lo que podría haber en el pasado otros incidentes que no estén digitalizados en la red. Debería revisar diarios más viejos en la biblioteca, pero por el momento no hará nada parecido. Buscar una biblioteca e ir hasta ella no está entre sus planes para el día de hoy. Es más, cuanto menos salga del apartamento, mejor. Luego de enterarse de estas cosas, no sabe si volverá a ir al refugio. Eso le da pena, se sentía bien realizando esa actividad. No sabe qué le dirá a Thomas si decide esto.

—¿Debería preguntarle a Thomas? —se dice Mina a sí misma—. Él debería saber…

No termina de decir eso y una idea llega a su mente y la desconcierta. Por supuesto que él lo sabe, aunque solo sean rumores, él lo tiene que saber. La desaparición confirmada por los medios sucedió hace cuatro años. Según Thomas, él se hizo cargo del refugio luego de la muerte de su padre, hace como tres años. Por lo que esto pudo haber pasado antes de su tiempo. Pero aun así, él dijo que ayudaba en el refugio desde pequeño, por lo que los rumores los debería conocer.

—¿Y si no fueran rumores? —vuelve a decir Mina en voz alta.

¿Y si realmente desaparecen indigentes en el refugio? Si fuera así, la visión que tiene Mina sobre Thomas cambiaría de forma radical, ya que no solo debería estar enterado, sino que, además, debería estar implicado.

CAPÍTULO 27
TEMBLOR

COMO CADA VEZ que llega a un punto crítico, Mina decidió no pensar y dedicarse al trabajo. Estuvo varias horas trabajando, resolvió una situación en una cadena de farmacias. Se estaban vendiendo medicamentos peligrosos con recetas falsas. Habían ingresado al sistema de la cadena y habilitado la cuenta de una clínica inexistente. De ese modo se compraban estos medicamentos, con un descuento que al final nadie pagaba, y luego se vendían en el mercado negro a un mayor precio. Esta vez fue un empleado de la cadena el responsable del hackeo, probablemente vendió la clave de acceso a la red interna, pero esto ya no es parte del trabajo de Mina. La misma empresa o la policía se encargarán de eso.

Una vez que acabó con ese tema, no pudo evitar que su mente volviera a la cuestión del refugio y los desaparecidos. Pensó otra vez en llamar al detective y preguntarle de manera directa qué era lo que sabía. Quién era Tony Giaccobe, qué había descubierto y por qué se negaba a hablar de ello. Tal vez todas estas preguntas estuvieran ligadas en una única respuesta. Sea lo que sea, por más vueltas que le da al asunto, Mina no llega a ninguna conclusión plausible. Sigue pensando que son puras especulaciones y, aunque está segura de que algo turbio sucede, no encuentra el hilo conductor que le dé sentido a todo lo que supone. Es así que mientras sigue a oscuras, recostada, pensando en todo lo que ha vivido en la última semana, el tiempo pasa y el silencio de la noche es interrumpido por un maullido de Wifi. La gata se levanta de donde estaba recostada, a los pies de Mina, y camina sobre su cuerpo hasta llegarle a la cara. Mina siente una extraña sensación, pero no sabe a qué atribuirla. La gata vuelve a maullar y Mina la acaricia. Siente náuseas. Esta vez reacciona rápido y comprende que pudo ocurrir algún otro temblor que no llegó a percibir conscientemente, pero que tanto Wifi como su propio cuerpo sí lo sintieron. Se sienta y, al apoyar los pies descalzos en el piso, percibe una leve vibración, como la que se siente cuando se vive junto a las vías de un tren o una autopista muy concurrida. Solo que allí no hay nada de eso, ni autopista ni tren, por lo que tenía que ser un sismo. Piensa otra vez en las palabras del anciano y recuerda lo que dijo sobre las «cosas raras» que suceden por la noche. Se pone de pie y se acerca a la ventana. Mira hacia el *parking* y no ve nada llamativo, todo está en calma.

—Quizás no sea nada —se dice así misma mientras siente que la gata la ha seguido y se frota contra sus piernas—. Dame un minuto, Wifi, si no veo nada, volvemos a la cama.

Está a punto de dar media vuelta y regresar a la cama cuando advierte algo. Trata de aguzar la vista porque el *parking* está muy oscuro. Ve una figura vestida de negro que camina hacia la entrada del edificio. Luego ve otra. A esta segunda persona la reconoce de inmediato por el cabello blanco, es el señor Harrison.

Mina quiere volver a la cama, taparse hasta la cabeza y quedarse allí. Ya sabe que la sensación de náuseas nada tiene que ver con el gas, así que dentro del apartamento no hay ningún peligro. El peligro está allá afuera, donde la persiguieron a ella y donde supone el señor Fisher que desapareció su esposa. Por eso lo razonable sería hacerle caso al anciano: «No salgas de noche y cierra bien la puerta». Sin embargo, Mina duda. Puede salir del apartamento sin llegar a la calle. Puede bajar hasta la planta baja y ver qué está sucediendo. Lo haría con cuidado, sin ser vista. Cualquier cosa, volverá corriendo a su apartamento para echar el cerrojo con rapidez. Salir o no salir. Si piensa en lo que haría su madre, sabe lo que debe hacer.

Mina se vuelve a poner los pantalones de gimnasia morados, estaba en ropa interior. Se calza las zapatillas y abre la puerta despacio, apenas lo suficiente para asomarse a mirar. El pasillo está oscuro, pero no quiere prender la luz. En este caso, la oscuridad será su cómplice, es ella la acechadora y debe pasar desapercibida. Cuando sus ojos se acostumbran a la penumbra y comprueba que no hay nadie a la vista, sale del apartamento y entorna la puerta. Prefiere dejarla abierta por si necesita entrar deprisa. La arrima hasta que el pestillo roza el marco. Mira hacia la escalera y se dirige hacia allí. Da un paso hacia abajo y se detiene a escuchar, no oye nada. Desciende hasta el descanso de la escalera y de nuevo se queda escuchando. Sigue sin oír nada, así que continúa bajando. Al llegar al último escalón, se apoya contra la pared y se asoma. El vestíbulo está iluminado, no hay nadie allí. Sale de su lugar de resguardo en la escalera y se acerca a los dos ascensores, ambos están ahí en la planta baja.

—Nadie subió —susurra Mina y de inmediato mira la puerta del sótano.

Por debajo de la puerta se ve una línea de luz. Mina se acerca y apoya el oído contra la puerta, no escucha nada. Piensa en lo que debe hacer. Ya está allí, es solo un paso más. Apoya la mano en el picaporte, presiona y la puerta se abre. Mina respira profundo. No duda más, va a entrar.

CAPÍTULO 28
EL TÚNEL

Mina se asoma al sótano. La luz está encendida. Desde la puerta no se ve lo que hay abajo, pero no se oye ningún ruido. Decide bajar unos escalones. A medida que desciende, su visión del lugar se va ampliando. Alcanza a ver las tuberías y la caldera. Dos pasos más y sigue sin haber nadie. Antes de llegar abajo, puede ver lo que estaba buscando: la puerta de metal. Así que termina de descender y va hasta allí. La puerta está cerrada, pero no tiene candado. Mina mira a los lados buscando el candado, pero no lo encuentra. Ella piensa que la falta de candado solo puede significar una cosa, que quien lo haya retirado está al otro lado. Así que, de nuevo, trata de oír lo que sucede al otro lado. No se oyen voces ni ningún tipo de sonido. Mina no entiende, necesariamente deben estar ahí. Está prohibido entrar al sótano, está prohibido abrir esa puerta y, de repente, tanto el sótano como la puerta están abiertos sin que nadie esté a la vista, no tiene sentido. Mina apoya la mano en la manija de hierro y tira de ella. La puerta es pesada, pero se abre. Esta vez no duda, ya está inmersa en la adrenalina de descubrir qué sucede y no puede detenerse ahora. Abre la puerta de par en par y ve cuatro escalones que descienden a un rústico piso de cemento. Mina baja al segundo escalón y estudia el lugar. El techo es bajo, también de cemento. Hay varias gruesas columnas de concreto. Mina comprende que son las que sostienen el edificio, son los cimientos. El tendido eléctrico es muy rudimentario. Se trata de una sola línea recta de lámparas unidas por un cable que conducen hasta una abertura en la pared del fondo. Mina cierra la puerta tras de sí y baja los dos escalones que faltan. Comienza a caminar hasta la abertura. Mira hacia los costados y observa que las paredes, también de concreto, no están muy lejos, pero apenas se las alcanza a ver en la penumbra. Sigue avanzando por ese corredor de luz hasta la abertura en la pared. El tendido eléctrico continúa dentro de ese hoyo e ilumina a su alrededor: paredes, techo y piso de roca. Mina se arrima y apoya las manos en las paredes fuera del hoyo, como sosteniéndose. Mira hacia dentro y ve un túnel que desciende diez metros en un ángulo de cuarenta y cinco grados hasta torcer a la derecha. Para saber qué hay más allá de ese codo del recorrido, debería adentrarse en el túnel hasta llegar al fondo. Mina no cree que se atreva a hacerlo, esto supera cualquier cosa que se hubiera imaginado. En realidad, no se imaginaba nada. Solo se había planteado la pregunta sobre lo que habría ahí abajo, pero nunca propuso ninguna respuesta. Todo lo que está viendo le resulta una sorpresa. Aguza el oído y cree escuchar voces.

—Allí están —susurra Mina al descubrir el destino de las personas que vio en el *parking*. Ya sabe dónde terminan esos movimientos nocturnos que ha visto desde la ventana de su apartamento. ¿Estarán allí también las personas desaparecidas? Mina imagina un complejo sistema de túneles, lleno de celdas con personas encerradas durante décadas. Sin embargo, ella misma detiene esos pensamientos, no puede fantasear con ese tipo de cosas sin tener ninguna evidencia real. No hay ninguna prueba de que, lo que sea que sucede acá abajo, tenga que ver con las desapariciones.

—Dos más dos son cuatro —se dice Mina a sí misma queriendo convencerse de que no está exagerando. Es todo demasiado raro como para que las dos cosas no estén relacionadas.

Un ruido a sus espaldas la sobresalta. Mina mira hacia atrás y ve una luz sobre los escalones que dan al sótano. Alguien ha abierto la puerta. Ella reacciona rápido y se mueve hacia un costado, lejos de la luz. Se oculta detrás de una de las columnas y escucha. Oye que se cierra la puerta de metal y luego los pasos de alguien que se acerca. Ella permanece, conteniendo el aire, de espaldas a la columna. Se da cuenta de que la persona se detiene detrás de ella. Mina comienza a temblar. Su corazón se acelera y su respiración se agita. Se da cuenta de que está a punto de caer en un ataque de pánico. Mina piensa que debe aguantar, que no puede caer en un episodio en ese momento, primero debe salir de allí. Escucha que la persona retoma el paso e ingresa al hoyo. Mina se asoma y advierte que ya no está a la vista. Sale de su escondite y quiere ir hacia la salida, pero se detiene. Se da vuelta y se asoma al boquete en la pared. Se lleva la mano a la boca cuando ve a un hombre que de espalda baja por el túnel. Está vestido con ropa deportiva negra y lleva puesta la capucha. Es quien la persiguió. Ella retrocede un par de pasos y se da vuelta para correr hacia la salida. Sube los cuatro escalones y abre la puerta con fuerza. El sonido resuena en el subsuelo silencioso como un estruendo. Mira hacia atrás y puede ver un movimiento brusco en el túnel. Sale, cierra la puerta y sube corriendo la escalera del sótano. Cuando sale al vestíbulo, escucha que la puerta de metal se vuelve a abrir. Viene tras ella. Cierra la puerta del sótano y vuelve a correr. Sube rápido la escalera y llega al apartamento. De un empujón, abre la puerta y se mete. Cierra y echa la llave. Se alegra de haberla dejado entornada.

CAPÍTULO 29
PASEO POR EL PARQUE

Mina pasó el resto de la noche despierta, no hubo forma de que lograra dormir. Apenas recuperó el aire, luego de cerrar la puerta de su apartamento, recurrió a la medicina. Tomó el calmante que le había recetado su psicóloga y, de ese modo, frenó el ataque de pánico que comenzaba a acosarla. Afortunadamente, había logrado controlar su estado y alcanzó a huir del sótano. Sin embargo, una vez en su casa, se dio cuenta de que toda esa tensión que sufrió estallaría de un momento a otro. Por eso tomó la medicina. Estuvo a punto de tomar una dosis mayor a lo permitido porque, si bien evitó el ataque, siguió muy nerviosa el resto de la noche. Al final, no lo hizo y prefirió soportar el insomnio hasta que, al asomar las primeras luces del día, cayó rendida.

Al despertar, cerca del mediodía, Mina se siente somnolienta. Desayuna y piensa en lo que hará el resto del día. Es sábado, por lo que su actividad laboral, a no ser que haya alguna emergencia, estará reducida. Cree que es el momento de llamar al detective. ¿Pero qué podría decirle y qué podría hacer él al respecto? Ya que si bien lo de anoche no fue normal y ese túnel bajo el edificio no es algo que pueda tomarse a la ligera, no hay ningún delito que pueda denunciar. ¿A dónde conduce ese túnel? ¿Qué hacía esa gente allí? ¿Tiene que ver con las desapariciones? Como todo era muy extraño, Mina quiere empezar a obtener respuestas claras, porque nada sugiere una relación entre el túnel y la gente perdida. El único punto de contacto es el hombre de negro que pudo ver allí abajo y que, ella no lo duda, es el mismo que la persiguió. Aun así, no le vio la cara, por lo que podría ser cualquiera. No imagina que al detective le den una orden de allanamiento por algo así, menos aún si las autoridades tienen algún arreglo ilícito con la gente del complejo, que es lo que el anciano y ella suponen.

Se le ocurre algo. Dado que las «cosas raras» pasan por la noche, no habría ningún problema en que salga a dar una vuelta durante el día. Podría salir ahora y revisar las inmediaciones del complejo para ver si encuentra algo que le dé una idea de lo que está pasando. No lo analiza mucho más, se viste y sale. Tomar un poco de aire la ayudará a sentirse mejor. El día está lindo, soleado, la temperatura es agradable. Mina rodea el edificio hasta llegar al jardín, no se topa con nadie. Es un lugar extenso, con un aparcamiento y con pequeños arbustos. Piensa que debería haber algunos árboles más grandes para tener algo de sombra. Entonces mira el suelo, observa a su alrededor y levanta la mirada hacia el edificio. Intenta ubicarse con relación al sótano y al túnel oculto debajo. No está segura, pero el túnel podría venir en esta dirección. Podría estar parada en este momento sobre la continuación del túnel que ella no llegó a ver. Está a unos treinta metros del edificio. Según sus cálculos, había caminado cinco metros bajo los cimientos y el túnel se extendía alrededor de diez metros más hasta girar y quedar fuera de la vista. Tranquilamente podría estar, lo que fuera que haya enterrado allí, justo bajo sus pies.

—Tal vez por eso no hay árboles —susurra Mina. Ve que el aparcamiento comienza quince metros más adelante—. Tal vez por eso tampoco dejaron que los coches lleguen hasta aquí.

Mina gira sobre sí misma y sigue mirando a su alrededor. Ve que el parque ocupa más espacio que la zona construida y termina en una pared que da a una pequeña colina. ¿Por qué no hicieron un tercer edificio aquí? Ella comienza a recordar los datos que fue adquiriendo. Si tanto el complejo como el refugio fueron construidos a principios de los setenta, quizás se tuvo en cuenta desde el primer momento que no se debía sumar peso a este terreno. Si, como dijo Walter, la construcción original era más vieja, es probable que el túnel ya estuviera allí y quisieran protegerlo a la hora de construir la constitución actual del complejo.

Mina ve unos postes, aparentemente de luz, esparcidos aquí y allá. Miden aproximadamente cincuenta centímetros de altura. Se acerca a una de ellos. Se acuclilla y lo mira de arriba a abajo. Hay algo que le llama la atención en el diseño. La luz está en la parte superior y, justo debajo de ella, hay una abertura cubierta de alambre tejido. Mina acerca la mano y siente una brisa cálida que sale del orificio. Se endereza.

—Ductos de ventilación —dice Mina. Se ha convencido de que está sobre el túnel y que lo que hay allí se extiende bajo todo el parque. Sin embargo, algo hace que detenga sus especulaciones.

—Son muchas suposiciones —afirma frustrada. Quiere encontrar alguna prueba de que todo esto que está elucubrando tiene algún sentido. Tal vez pueda buscar algún plano del complejo y ver qué dice del túnel. ¿Dónde encontrarlo?

Juega de nuevo con la idea de ir a una biblioteca, ya hay más de una cosa que podría encontrar allí.

Luego de su paseo por el parque, camina de vuelta al edificio y descubre al costado de la entrada una placa de bronce. Se acerca para ver de qué se trata:

«Arquitecto John Callahan (1971)»

Es el nombre del arquitecto que construyó el complejo y la fecha en que lo realizó. Si le faltaba algún dato para que le sea más sencillo buscar información, lo acaba de encontrar. Ahora es solo cuestión de ir a una biblioteca, tiene que hallar el lugar correcto. Saca el móvil del bolsillo y guglea «bibliotecas en Monterrey». No hay demasiadas de importancia. Un par que corresponden a universidades, una privada y dos públicas. Una de las públicas es la Biblioteca de la Alcaldía. Si hay un lugar donde pueda encontrar un plano del edificio, es allí. Vuelve a su apartamento para buscar las llaves del coche. Una vez allí, mira su portátil sobre la mesa.

—Tal vez me sirva —dice Mina y recoge el dispositivo. Lo mete en la mochila junto con el cable nuevo. Comprueba que también esté dentro de la mochila una cartuchera con cables y adaptadores, no cree que los vaya a necesitar, pero nunca se sabe. Se coloca la mochila al hombro y, cuando está por salir, escucha un maullido. Mina la ve a Wifi que camina hacia ella. Se agacha y la acaricia.

—Perdón, mi amor —le dice mientras le frota el lomo—. Te tengo un poco olvidada, pero debo salir. Mamá va a jugar un rato.

CAPÍTULO 30
ATAQUE HACKER A LA ALCALDÍA DE MONTERREY

Estacionó frente a la biblioteca e ingresó sin inconvenientes. Debió presentar el documento para que registren sus datos y que le den acceso a lo que necesita.

Llega hasta un ordenador, se quita la mochila, la apoya en el suelo y se sienta. El ordenador funciona básicamente como un índice para buscar el material de lectura. Una vez encontrado, se marca en el ordenador para que le sea entregado en el mostrador o se le muestre de forma directa en la pantalla si se trata de algo digitalizado.

Como es la Biblioteca de la Alcaldía, se pueden encontrar allí registros edilicios e históricos de la ciudad. Por ese motivo, en el menú principal ingresa directo a ese sector. Luego va hacia la parte de bienes raíces y busca, primero por zona y luego por dirección. De inmediato, aparece el complejo y sus datos. Con la rapidez que le da su experiencia laboral, hace un recuento de la información desplegada: dirección, superficie, número de registro.

Entra en el registro, presiona el número y se despliega una nueva serie de datos: fecha de habilitación, arquitecto responsable, dueño del complejo y datos técnicos. Revisa cada uno de los títulos y verifica que el arquitecto fue John Callahan, quien aparece en la placa que vio en el edificio. También se corresponde la fecha de la habilitación, 13 de septiembre de 1971. En el nombre de los dueños, aparece un mensaje de «información no disponible». A Mina esto no le sorprende, es un tema de privacidad muy común. Va a los datos técnicos y, entre los varios informes que se despliegan, aparece un «número de planificación». Al clicar en ese número, le aparece un cartel de «acceso denegado».

—Qué atrevido —dice Mina con una sonrisa—. A mí no.

Presiona varias teclas simultáneamente y la pantalla se pone negra, desplegando una enorme serie de códigos. Entró en el modo programador y puede ver los códigos fuente del sistema.

—A ver qué tenemos aquí —dice Mina mientras lee los códigos.

Encuentra el redireccionamiento que desvía el *link* hacia el cartel de «acceso denegado».

—Bien —dice Mina mientras busca la forma de ingresar—. Te resistes, pero no es suficiente.

Le saca una foto con el móvil a la línea de códigos. Luego se inclina a un costado y levanta la mochila. Va a sacar su ordenador, pero se frena.

—Detente, Mina —se dice así misma. Se da cuenta de que está a punto de hackear a la Alcaldía de Monterrey, lo cual es un crimen federal. Se pregunta si vale la pena correr ese riesgo. Mientras se cuestiona sobre eso, se percata de que no tiene palpitaciones, no se le ha acelerado la respiración ni se siente nerviosa de ninguna manera. Está a punto de hacer algo más peligroso que la mayoría de las veces que le ha dado un ataque, pero aún así, está calmada. Tal vez tenga que ver con que se siente cómoda con las máquinas o porque sabe perfectamente cómo obtener cualquier información de un ordenador. La cuestión es que Mina toma ese estado de ánimo como una señal para seguir adelante.

Mira hacia los costados y ve que, de los veinte ordenadores que hay allí, más de la mitad están ocupados. En ningún lado figura quién utiliza cada máquina, así que si descubren la intrusión, nadie sabría quién fue. De seguro hay cámaras que están vigilando el lugar, por lo que, de realizarse una investigación, tarde o temprano la descubrirían. Se alza de hombros. Se le ocurre que en unos días podría presentar a la alcaldía sus servicios como experta en seguridad digital y demostrar lo sencillo que fue violar su plataforma, con eso cubrirá sus pasos. Así que saca su portátil de la mochila y con uno de los cables lo conecta al ordenador de la biblioteca. Se mueve con el cursor en los códigos mientras pone a correr una aplicación en su portátil. Inserta un código nuevo en un sector específico y, en unos segundos, la pantalla del ordenador de la biblioteca se replica en su portátil. Ya entró al sistema. Entonces, vuelve a presionar otras teclas y la pantalla de la biblioteca vuelve al estado normal, mientras que su portátil sigue en donde se encontraba antes. Mina busca en su móvil la imagen que tomó de la pantalla de la biblioteca y copia los códigos en su ordenador. Le da *enter* y al instante accede al sector que le había sido denegado. Le echa un vistazo y, sin perder tiempo, pone a descargar todos los archivos relacionados con el complejo. Vuelve a mirar a su alrededor y ve que un empleado de la biblioteca examina uno de los ordenadores que se encuentran en el otro extremo de la sala.

—Apúrate —le dice Mina a su dispositivo. Aquel hombre no puede ver lo que está haciendo. El muchacho deja ese ordenador y pasa al siguiente. Luego camina por detrás de dos personas sentadas frente a la pantalla y las observa.

Continúa caminando hasta el siguiente ordenador libre y lo revisa. Lo deja y sigue caminando, cada vez está más cerca.

—Demonios —dice Mina entre dientes mientras observa que la barra de descarga avanza demasiado lenta.

El muchacho deja esa máquina y sigue caminando hacia ella. Mira lo que hacen otras tres personas y se detiene frente a un ordenador desocupado. Hay una sola persona entre ella y el empleado de la biblioteca. Ella pone la mano sobre el cable para desconectarlo en cuanto termine de bajar la información. Si lo hace antes, puede perder todo lo que ha bajado y deberá comenzar de nuevo. El hombre se aleja de la máquina que revisaba y mira lo que está haciendo la persona junto a Mina. Ella ve que la barra de descarga llega al final y que el muchacho se acerca a ella. Tira del cable y el portátil se desconecta, cierra la pantalla y el muchacho se para detrás de ella. Mina vuelve a mover el *mouse* como revisando el índice. El muchacho retoma el paso y se aleja, recién entonces se relaja.

Vuelve a meter el ordenador en la mochila y sigue navegando en la máquina de la biblioteca unos minutos para simular que no ha pasado nada.

CAPÍTULO 31
SON LOS MISMOS

Mina se levanta y se va del lugar. No cree que haya sido detectada, incluso podría haberse quedado investigando más cosas, pero quiere estudiar cuanto antes los archivos que acaba de capturar. Sale a la calle y sube a su coche.

Apenas dentro, mira alrededor, viendo que no haya nadie mirándola de manera sospechosa, y saca el ordenador. Empieza a revisar el material. Primero entra en la carpeta con los planos del complejo. Los abre y los estudia. Están los de los dos edificios. No es experta en planos, pero no necesita serlo, cada uno tiene el título que le dice de qué se trata. Un plano para cada planta, y el que a ella le interesa, el del sótano. Como imaginaba, no hay nada de la puerta de metal ni del corredor entre los cimientos, y menos del túnel. En el segundo edificio tampoco, pero el sótano es un poco distinto, es más grande y la zona de la caldera es diferente. El resto del edificio es exactamente igual al primero. Piensa que, si bien el túnel pudo haber sido cavado después, no había forma de que la sala angosta entre los cimientos la hayan hecho más tarde, debió estar allí desde la construcción. ¿Por qué no figura en los planos? Algún funcionario del Gobierno debería haber revisado el lugar antes de que se inaugure, no podría no ver esa puerta en la pared y cuestionar que no aparezca en los planos aprobados.

Mina levanta la vista del ordenador.

—Soborno —dice. Le deben haber pagado al funcionario para que no dijera nada.

Vuelve a mirar la pantalla y revisa el resto de los archivos. Hay una carpeta sobre los propietarios. Mina sonríe, es otra de las cosas que no le permitía ver el ordenador de la biblioteca. Hay ciento dicienueve archivos. Busca por fecha. Aparecen tres de 1971. Abre uno de ellos y ve que es una sociedad la que compra el terreno y construye el complejo, se llamaba Unión Monterrey. Busca en el documento a los apoderados de la sociedad que firman la compra. Son Murray y Harrison.

—¿Ya eran dueños desde entonces? —se pregunta Mina, sorprendida, al ver que son los apellidos de sus vecinos. Se da cuenta de que en aquella época, tanto la señora Murray como el señor Harrison, deberían ser adolescentes, así que es imposible que sean ellos. Vuelve a ver los nombres completos. Robert Murray y Jeremy Harrison, esos no son los nombres de las personas que conoce—. Tal vez sean sus padres —dice Mina y vuelve a estudiar el historial de dueños para ver cuándo aparece la señora Murray.

Revisa los documentos, ya que no es una lista ordenada de nombres, sino un conjunto de documentos donde se registran las ventas y compras históricas. Coloca en el buscador «Rose Murray» y aparece en varios documentos. Abre uno de ellos y ve que el apellido de soltera de Rose es Martínez y que heredó un apartamento de Jhonatan Murray, su marido, hace poco más de tres años, después de que este muriera. Abre un par de documentos más y encuentra lo mismo, es que Rose Murray tiene varios apartamentos. ¿Cómo los obtuvo Jhonatan? Busca por ese nombre y otra vez aparecen muchos archivos. Abre uno y se muestra que heredó los apartamentos de su padre, Robert Murray, el que figura en la sociedad al momento de la construcción del complejo. ¿Cómo se pasó de la sociedad a los dueños individuales? Mina vuelve a buscar y halla el documento de la subdivisión de bienes. Comienza a leer los nombres, pero se detiene. Se le ocurre algo. Toma su móvil y revisa los *e-mails*. Llega al que le envió el consejo de administración y mira los nombres de los miembros.

—¡Son los mismos! —dice Mina al comparar los listados. Ocho de los diez apellidos coinciden, no así los nombres, que solo hay uno que se mantiene, George Richards.

Mina se queda pensando en que hace cincuenta años que son propietarias las mismas familias. No es necesariamente algo extraño, llama la atención, nada más. Piensa incluso que la sociedad que compró el terreno y construyó el complejo debe haber sido conformada por la misma gente. No necesita investigar al respecto, con los nombres de los apoderados es suficiente para saber que esto es así. Tal vez armaron la sociedad por razones impositivas. Al pensar en esto, a Mina le da curiosidad. Quiere saber quién fue el dueño anterior, a quién le compraron el terreno en los setenta. Vuelve a revisar uno de los documentos que ya tiene abiertos, el que mostraba la compra por parte de la sociedad, ella no se había fijado en el vendedor. Lo encuentra y lee.

—¿En serio?

Otra vez Mina se sorprende. No era un solo dueño, sino un grupo de diez personas, las mismas diez personas que luego harían la subdivisión y, probablemente, las mismas diez de la sociedad.

—¿Qué está pasando aquí? —se pregunta Mina, que no

entiende por qué tanta compraventa entre la misma gente. No encuentra una explicación lógica.

Ahora ya está intrigada. Quiere saber desde cuándo tiene esta gente la tierra del complejo. Busca un título de propiedad anterior, y es extraño, pero no encuentra ninguno. Piensa que no es posible, en algún momento debieron comprar esas tierras. Entonces, busca cualquier otro documento anterior. Lo único que halla es el permiso de construcción del edificio que se encontraba antes, es de 1926. Se fija 'quién solicitó el permiso. Por supuesto, apellidos conocidos: Arnold Murray y Benjamin Callahan. Callahan era otro de los apellidos que se repetían y Mina recuerda que el arquitecto que hizo el complejo se llamaba de esa manera.

—Si hay un permiso de construcción, tienen que estar los planos del edificio anterior —se dice Mina mientras sus dedos se mueven rápido en el teclado hasta hallar los planos.

Es un solo edificio el que se construyó en 1926 y parece bastante similar al actual. Ve que este también tenía un sótano. Busca el plano del edificio actual y los coteja, son iguales. Es como le había dicho el encargado. En los setenta se reformó y modernizó la construcción anterior y se hizo el segundo edificio. Lo más probable entonces es que el túnel ya estuviera desde antes. Mina quiere ver qué había antes.

Sigue buscando entre los archivos antiguos y el más viejo que aparece es de 1858. Es una inscripción fiscal, es la primera vez que se pagan impuestos al municipio sobre esos terrenos. De nuevo, aparecen los diez apellidos originales. Mira el resto de los archivos que contienen documentos antiguos, pero no hay mucho más, nada que agregue información. No hay ningún archivo que indique que había algo construido ahí antes del veintiséis.

Mina cierra el portátil, lo pone en el asiento del acompañante y apoya las manos sobre el volante. Mira la calle a su alrededor y se queda pensando. Intenta sacar una conclusión sobre lo que ha descubierto, pero no lo consigue. La realidad es que no hay ningún delito en que las propiedades se hereden de padres a hijos. Pero no deja de ser extraño que nadie se mude, que sigan viviendo en el mismo lugar las mismas diez familias. Por otro lado, también es raro que no haya un título original de la propiedad, es como si estuvieran allí desde siempre. Como mínimo, hace ciento sesenta años que son los mismos propietarios, sin que se sepa cuándo y en qué condiciones adquirieron esas tierras. Algo más tiene que haber, deberá buscar por otro lado.

CAPÍTULO 32
EL DETECTIVE GIACCOBE

POR ALGÚN MOTIVO que no alcanza a comprender, tal vez intuición, Mina piensa que es fundamental saber cómo consiguieron esas familias apropiarse de las tierras. Sin embargo, no es probable que lo consiga en esa biblioteca, si hubiera algo al respecto, hubiera aparecido en el paquete de archivos que hackeó. Es por eso que se marchó de allí para volver al apartamento, necesitaba pensar dónde podía encontrar esa información.

Mientras se acercaba al complejo, decidió que era el momento de volver a hablar con el detective Vincent Giaccobe. Fue así que detuvo el vehículo y buscó en el móvil su número de WhatsApp. Lo había agendado la última vez que hablaron.

«Buenos días, Vincent», escribe Mina. «Me enteré de algunas cosas y me gustaría comentarlas contigo».

Mina permanece mirando el teléfono, espera recibir la respuesta. Pasan unos segundos y el visto doble del mensaje se pone azul, el detective ya lo ha leído. Pasan otros segundos más y el detective comienza a escribir.

—¿Puedes encontrarme en media hora? —pregunta Giaccobe. Mina responde que sí y el detective le pasa una dirección. Ella la guglea y activa el Maps para llegar hasta allí.

Una vez que llega, ve que se trata de una cafetería. Estaciona a unos metros, baja del vehículo y se acerca hasta la vidriera. No ve al detective adentro, llegó muy temprano, pero entra igual y se sienta en una mesa. Pide un *latte* y espera.

Luego de diez minutos, ingresa el detective. Tiene traje y corbata azules, y camisa celeste. Echa un vistazo alrededor hasta encontrarla. Camina hasta su mesa y se sienta.

—Gracias por venir, Mina —dice Giaccobe—. Disculpa la informalidad, pero no quería que nos encontremos ni en el complejo ni en la estación de Policía.

—¿Por qué? —pregunta Mina interrumpiendo.

—Para protegerte —dice él mirándola fijo—. No sé qué pasa en ese lugar y no quiero que te expongas.

—¿Y por qué no en la estación de Policía? —pregunta Mina—. ¿Piensas que las autoridades están implicadas?

El detective se echa hacia atrás en la silla y la mira sorprendido. No sabe de qué se ha enterado la muchacha, pero no esperaba que le preguntara algo así. Justo en este momento se acerca un camarero. El detective le pide un café y el camarero se marcha.

—¿Por qué preguntas eso? —le dice el detective mientras se afloja la corbata—. ¿Qué es lo que sabes?

—No es tanto lo que sé —responde Mina—, es más lo que deduzco. Sé que desde los setenta ha desaparecido gente del complejo. La primera fue Jenny Fisher, de quien se hizo la denuncia, pero la policía desestimó el caso y ella no volvió a aparecer. Luego de eso hubo más gente que desapareció misteriosamente, pero la mayoría sin denuncias formales. Lo extraño de esto, por si las desapariciones por sí mismas no fueran suficientes, es que la policía nunca quiso investigar nada, por eso creo que puede haber policías corruptos.

—No todos los policías somos corruptos —le aclara el detective—. Algunos hemos querido investigar, pero nos han cerrado las puertas, o incluso nos han hecho cosas peores.

Al decir estas palabras, el detective lo hace en un tono sombrío, como si algún recuerdo le causara dolor.

—¿Hablas de Tony Giaccobe? —pregunta Mina, buscando que el detective al fin se abra y le cuente lo que sabe.

Otra vez el detective se le queda mirando.

—¿Cómo sabes de él? —pregunta Vincent sorprendido.

—¿Es tu padre? —pregunta Mina sin contestar a las preguntas—. ¿Qué le pasó?

El detective duda un instante, pero comprende que tal vez deba cambiar de estrategia y contarle a Mina todo lo que sabe. Ve que ella está decidida a descubrir lo que pasa y, si ya sabe esas cosas en un par de días, quiere tenerla de su lado.

—Sí —responde él—, era mi padre. Él también desapareció hace muchos años y sus compañeros no pudieron averiguar qué le sucedió. Yo era un adolescente en ese entonces y no podía creer que algo así le pudiera pasar a un policía. Decidí que encontraría al culpable y entré a la fuerza con esa intención. Con el tiempo me fui olvidando del tema, hasta que hace seis años, cuando mi madre murió y debí vender su casa, encontré una caja guardada en el ático con papeles de mi padre. Allí había todo tipo de material, recortes de periódicos, fotocopias de denuncias y fotos, muchas del complejo donde tú vives y de su gente. También había fotos del refugio que está junto al complejo con nombres de indigentes desaparecidos. Vi las fechas de los periódicos y de sus anotaciones, y comprendí que había estado investigando esto durante treinta años. Cuando él desapareció, estaba justamente ocupado en una denuncia de persona perdida en el complejo. Me enteré por uno de sus compañeros que ya se había retirado de la fuerza de que los jefes lo habían sacado del caso, pero que él había insistido por su cuenta. Le pregunté por qué lo habían sacado del caso y el hombre me respondió que no lo sabía, pero que para llegar a retirarme como detective, siempre debería obedecer a mis superiores, sin importar lo ilógicas o injustas que parezcan sus órdenes. Si aquel hombre sabía algo, no me lo quiso decir.

—¿Tú qué piensas? —insiste Mina.

—No sé qué decir —responde él, pensativo—. Algo raro pasa, yo mismo he sabido de indigentes desaparecidos y que las denuncias no fueron tomadas, o fueron archivadas de inmediato. Al menos, hasta hace alrededor de tres años. Desde entonces no ha habido ninguna denuncia de indigentes desaparecidos. Y aquí entra lo que me has contado sobre el encargado y el jardinero. Efectivamente, esas personas han desaparecido también, no hay ninguna denuncia, pero no se sabe nada de ellos. También hubo muertes naturales, gente mayor, por lo general, que de la noche a la mañana muere sin causa comprobable alguna. Lo singular de todas esas muertes es que están certificadas por el mismo médico, un tal Peter Harrison.

—¿Harrison dices? —Mina reconoce el apellido—. Es una de las familias que vive en el complejo desde siempre. ¿Tú no has hablado con ese médico o investigado esas muertes?

—Las veces que he querido investigar no me lo han permitido —responde el detective, haciendo un gesto de indignación—. Incluso he sido amenazado por mis superiores, me han dicho que perdería mi trabajo si no obedecía. He llegado a creer que hay alguna organización de trata de personas, que tal vez secuestran a la gente y la llevan a algún otro país vaya a saber con qué fin. Esta organización mantiene a la policía alejada con sobornos y, por lo visto, también tiene arreglado a un médico. Como normalmente se trata de indigentes, nadie se preocupa por el tema, y cuando no es así, eligen a víctimas que no tengan familia. Pero en todo este tiempo, no he encontrado una sola prueba que incrimine a las personas del complejo o del refugio, ni a nadie que comparta mi preocupación y esté dispuesta a hacer algo al respecto… Al menos hasta ahora.

CAPÍTULO 33
LA LLAVE

MINA ESCUCHA el relato del detective y le pasa un poco lo mismo que a él, ha encontrado alguien que comparte su inquietud. Sin embargo, los motivos de ambos son distintos. Vincent Giaccobe busca justicia para su padre, ella, en cambio, busca saber qué pasó con la esposa del señor Fisher y todos aquellos que han desaparecido a lo largo de los años.

—Lamento lo de tu padre —dice Mina—. Si los policías no pudieron proteger a los suyos, esto debe ser más grande de lo que nos imaginamos. Debe haber mucho dinero en juego. Creo que los propietarios del complejo también sobornaron a funcionarios de la alcaldía.

—¿Por qué dices eso? —pregunta el detective, que no para de sorprenderse con las cosas que le cuenta Mina.

—Porque en los planos del complejo aprobados por las autoridades —explica ella—, no muestran algo que hay en el sótano. Es una pequeña galería bajo los cimientos que conduce a un túnel cavado en la roca.

—¿De qué hablas? —pregunta él, que no sale de su asombro—. ¿Qué hay en ese túnel?

—No lo sé —contesta Mina—. Apenas pude ver los primeros diez metros, luego tuve que huir porque apareció el hombre que me persiguió la otra noche.

El detective se echa hacia atrás en la silla y la observa con detenimiento. Esa chica es especial, piensa. Ha descubierto más en una semana que él en varios años.

—No sabía nada de eso —continúa el policía—. ¿Te han visto? ¿Pudiste identificar al hombre de negro?

—No —contesta ella—, no pude verle el rostro y tampoco me vio él. Pero no era el único que estaba allí. Esta vez pude ver al Sr. Harrison, además, había más gente dentro del túnel que no alcancé a ver, pero de seguro eran propietarios del complejo.

—¿Por qué crees eso? —pregunta el detective.

—Porque los he visto más de una vez merodeando por la noche en el *parking*. Por eso bajé al sótano anoche, porque los vi afuera desde mi ventana y quise saber a dónde iban.

—¿Qué diablos harán ahí abajo? —pregunta el detective, pero lo hace más para sí mismo que para Mina—. Dudo que tengan escondidos allí a los desaparecidos después de cincuenta años.

—Creo que te quedas corto —dice Mina.

—¿A qué te refieres? —pregunta él.

—Por lo que he logrado averiguar en la Biblioteca de la Alcaldía —explica Mina—, las mismas diez familias son propietarias del lugar desde hace al menos ciento sesenta años, tal vez más, no pude encontrar el título de propiedad original, ni cuándo pasó a sus manos.

—¿Cómo pudiste acceder a esa información? —pregunta él para saber qué tan fiable son esos datos.

—Hackeé el sistema de la biblioteca y conseguí información no accesible al público —explica ella sin dar vueltas, sabe que puede confiar en Vincent. Está más interesado en meter a la cárcel a los raptores de su padre que en atrapar a alguien que hackea una biblioteca—. Ahora que lo pienso, si existe un título original, tendría que haberlo encontrado entre los archivos que me llevé. Si no está ahí, es porque lo han excluido adrede. Lo que hablamos del soborno. ¿Entiendes?

—Perdona —se disculpa Vincent y hace como que no escuchó la parte del hackeo—. Creo que vas demasiado rápido para mí, explícate, por favor.

—Estoy pensando que tal vez —continúa ella casi reflexionando en voz alta—, y es apenas una suposición, la gente del consejo haya adquirido esas tierras de manera ilícita. Por eso no aparece el título original, porque, por medio de sobornos, lograron hacerlo desaparecer. Verás, a principios de los setenta, armaron una sociedad y se compraron las tierras a sí mismos, y al poco tiempo volvieron a subdividir el complejo y cada uno tiene varios apartamentos con un título formal. Fue una movida necesaria para que figure el lugar a sus nombres.

—Espera, espera —le dice el detective para que se detenga—. Aunque esto que especulas fuera cierto, nada tiene que ver con las desapariciones de los últimos cincuenta años. Son cosas sin ninguna relación.

—Tal vez —afirma Mina mientras piensa en alguna forma de unir las dos cosas—, pero no crees, como con Al Capone, que en lugar de terminar presos por homicidio, puedan caer presos por fraude.

—Primero —aclara Vincent—, Al Capone no cayó por fraude, sino por evasión de impuestos. Y segundo, nadie puede ir preso por algo que hizo su tatarabuelo. Tal vez incluso hayan sido colonos que nunca llegaron a reclamar sus tierras legalmente y por eso no hay un título original. Creo que buscar por ahí no nos llevará a ningún lado. Sin embargo, me intriga lo del túnel en el sótano. Quizás allí dentro quede algún rastro de la gente desaparecida.

Mina se siente un poco frustrada de que su investigación no haya servido para nada. Sin embargo, independientemente de la opinión del detective Giaccobe, ella seguirá buscando sobre el tema.

—¿Puedes allanar el lugar y ver qué hay en el sótano? —pregunta Mina volviendo a la cuestión del túnel.

—No lo creo —responde el detective negando con la cabeza—. Si es como suponemos y las autoridades están arregladas con sobornos, nadie me firmará una orden de allanamiento. No hay forma de que me permitan ingresar al lugar de manera legal y, si lo hago sin una orden, cualquier prueba que pudiera encontrar no valdría de nada en la corte.

—Pero si encontraras a gente cometiendo un delito en el momento —dice Mina, buscando una solución—. ¿Tampoco podrías hacer nada?

—Si entro de manera ilegal, no —contesta él resignado.

—No tienes por qué entrar de manera ilegal —dice ella sonriendo y mete la mano en su bolsillo. Saca las llaves del apartamento y comienza a quitar una de las llaves del llavero —. A partir de hoy eres mi amigo, y tienes la llave de entrada al edificio. Me dieron una de repuesto.

El detective estira la mano y recibe la llave de la entrada. La mira y piensa en el tiempo que ha esperado para poder ingresar a ese lugar. Piensa también en su padre y que ahora puede estar más cerca que nunca de averiguar qué pasó. Aprieta la llave con fuerza.

CAPÍTULO 34
CAMINO SIN SALIDA

Quedaron en coordinar cuándo ingresarían al sótano. Teniendo en cuenta que la puerta permanece cerrada con llave la mayor parte del tiempo, sería Mina la que debería estar atenta para encontrar el momento oportuno y llamar a Vincent. Porque si bien el ingreso al sótano era complicado, más aún lo era la entrada al túnel, que solamente se abría cuando se reunían los propietarios por la noche. El detective Giaccobe dejó muy en claro que no podían forzar ninguna puerta, que, de hacerlo, las evidencias que pudieran obtener no servirían para nada. Es por eso que la incursión la deberían hacer a altas horas de la noche y en plena actividad misteriosa de los propietarios.

Son demasiadas condiciones las que deben darse para que puedan entrar al túnel, así que no saben cuándo lo harán. El detective le dijo que podía llamarlo a cualquier hora, y eso es lo que hará cuando llegue el momento.

El detective se fue y ella aprovechó para pedir una hamburguesa. Ya eran las cuatro de la tarde y no había almorzado. Cuando subió a su coche, Mina dudó. Había planeado volver al apartamento, pero algo de lo que habló con el detective le quedó dando vueltas en la mente. Él le dijo que «nadie puede ir preso por algo que hizo su tatarabuelo». Eso es verdad, pero Mina cree que quizás no sea tan así. Porque, nuevamente suponiendo, si los tatarabuelos usurparon esas tierras y ellos realizaron una estrategia de encubrimiento hace cincuenta años para ocultar ese hecho, tal vez se pueda hacer algo.

—Es lo mismo —se dice Mina a sí misma mientras sigue sentada en el coche. En este caso, no serían los tatarabuelos quienes cometieron el delito, sino los padres de los actuales dueños, por lo que tampoco se los podría acusar de nada. Ella no sabe nada de temas legales relacionados con crímenes de este tipo, solo conoce bien las distintas formas de crímenes digitales porque es a lo que se dedica. Sin embargo, está segura de que algo se debe poder hacer. Una investigación sobre fraude podría llevar a que se revise el sótano.

—Un momento —dice Mina de repente. Vuelve a abrir su portátil y revisa el archivo que menciona a los propietarios que le vendieron el edificio viejo con sus terrenos a la sociedad. Lo vuelve a comparar con la lista de los propietarios actuales. George Richards aparece en las dos listas. Ella no sabe si es la misma persona o son personas distintas con el mismo nombre, no sería extraño que padre e hijo se llamen igual. Sin embargo, hay una forma de averiguarlo. El año de nacimiento del George Richards que vendió su parte a la sociedad, según los documentos, es 1952, por lo que en la actualidad debería tener más de setenta años, lo cual es posible. Pone el nombre en el buscador y aparecen un par de documentos más. El más reciente es en el 2005, cuando vende un apartamento y la fecha de nacimiento es la misma. Por lo tanto, no aparece ningún otro George Richards heredando nada, es el mismo hombre. Tal vez a él si se lo podría llevar a juicio y declararlo culpable de fraude. Si el hombre cae, tal vez hable de sus vecinos y algo se pueda hacer.

Mina no sabe si esos delitos prescriben después de tantos años o no, pero está decidida a hacer todo lo que esté a su alcance para complicarle la vida a esta gente. Es así que decide averiguar cómo llegaron esas tierras a manos de aquella gente. Lo único que le queda por ver es la otra biblioteca pública. Según lo que leyó en la web, tiene mucho material histórico, por lo que podría descubrir, incluso, si los propietarios del complejo fueron colonos.

Mina va hasta la biblioteca y realiza los mismos pasos que en la biblioteca anterior. Se sienta frente a uno de los ordenadores y comienza a buscar. Lo primero que ve son mapas antiguos de cuando California pertenecía a España. Según los datos que encuentra, las tierras de la región fueron cedidas a colonos españoles, pero continuaban en su mayoría habitadas por indios. El fuerte, llamado Presidio Real de San Carlos de Monterrey, tenía muy pocos militares como para defender el territorio, por lo que difícilmente podían proteger a los colonos españoles que se defendían como podían, pero que se convirtieron en importantes hacendados, donde cada uno era amo y señor de su territorio. Esto continuó en época del Imperio mexicano, cuando Monterrey comenzó a tener reales habitantes locales, hijos de los primeros españoles.

—¡Aquí está! —exclama Mina en voz alta y mira que, al costado, un muchacho adolescente de lentes la observa con el ceño fruncido. Ella hace como si no lo viera y sigue con lo suyo.

Ha encontrado un mapa de 1854. Después de que Estados Unidos adquiriera California, después de la guerra con México, se ordenó hacer un relevamiento de las haciendas que ocupaban la región. Busca la parte del mapa donde se halla el actual complejo, y ve que en aquel entonces era parte de una gran estancia perteneciente a la familia De la Serna.

—¿Qué pasó aquí? —se pregunta Mina, esta vez en un susurro.

Seis años antes de que los actuales propietarios comenzaran a pagar impuestos a su nombre, las tierras tenían un dueño totalmente distinto. ¿Qué sucedió para que cambiara la titularidad de ese lugar? Mina busca si hay algún otro mapa de los años siguientes, pero no hay nada. Sigue quince minutos revisando documentos, pero no aparece ningún dato interesante. Se cruza de brazos frente a la pantalla.

—Algo tiene que haber —vuelve a susurrar.

Entra entonces en el buscador de libros de la biblioteca para encontrar algo relacionado con esa época. Halla un tomo sobre la *Historia de los primeros estadounidenses en Monterrey*.

—¡Bingo! —exclama, otra vez subiendo el tono de voz, y su vecino de lentes la mira. Ya no le importa. Ha encontrado algo prometedor, así que clica en el título para pedirlo e ingresa sus datos. Luego se levanta y camina hasta el mostrador. Espera unos minutos hasta que la bibliotecaria, una señora mayor con un peinado exageradamente alto, aparece con una serie de libros en las manos.

—Joseph —dice la mujer y un joven alto y encorvado levanta la mano. La mujer le entrega dos volúmenes cuyos títulos Mina no alcanza a leer—. Mina —dice la bibliotecaria y la joven se arrima para recibir el libro. Lo agarra y busca una mesa en donde sentarse.

Ya acomodada, abre el libro y revisa el índice. Hay un ítem con las primeras familias. Allí está: «De la Serna». Rápido busca la página indicada y, bajo el título «De la Serna», se pueden leer escasos cinco renglones.

—¿Nada más? —pregunta Mina al ver la poca información que le muestra el libro.

Lee que era una modesta familia afincada allí desde la época española, que en 1856 expandió de forma drástica su patrimonio, comprando las fincas vecinas. Este crecimiento continuó hasta que, en 1857, la tercera generación de los De la Serna desapareció sin dejar rastro luego de un terremoto que derrumbó su rancho.

—¿Desaparecieron en un terremoto?

Este dato despierta las alertas de Mina. Por un lado, está la primera desaparición histórica registrada en un libro en la zona del complejo. En segundo lugar, la primera mención a un terremoto en Monterrey. Cuando estos dos acontecimientos se presentan juntos, se refuerza la teoría del señor Fisher, de que los sismos y las desapariciones están relacionados. Mina vuelve a pensar algo que ya pensó varias veces: esto no puede ser casual. Ahora ya sabe cuándo cambiaron de manos esas tierras. Sigue sin saber cómo y no cree ya que lo pueda descubrir. Ha agotado los recursos y concluye que ha llegado a un camino sin salida.

CAPÍTULO 35
EL HIJO DE ROSE MURRAY

MINA REGRESA AL COMPLEJO. Anochece. Estaciona el coche y entra rápido al edificio. Prefiere estar segura dentro de su casa antes de que la oscuridad sea total. Ya sabe demasiado. Conoce que, como se lo advirtió el anciano desde el primer momento, no es seguro estar fuera de noche.

Al llegar al apartamento, lo primero que hace, luego de dejar la mochila en el suelo, es revisar la comida de la gata. Aún tiene bastante. Vuelve a recoger la mochila y saca el portátil. Lo apoya sobre la mesa. Se descalza. Está cansada. Si bien hoy se ha levantado tarde, no ha parado en todo el día. No solo se trató del cansancio físico y mental que le produjo la intensa búsqueda que realizó en las dos bibliotecas, sino también el cansancio emocional. Corrió un riesgo muy grande al hackear la biblioteca dentro del mismo lugar, a la vista de todos. Además está la charla con el detective Giaccobe, que tampoco fue relajada, y por si fuera poco, lo que planean hacer, que es mucho más peligroso que lo que ha hecho hasta ahora.

Aun así, luego de tanto ir y venir, Mina se siente satisfecha. Ha podido hacer todo eso sin entrar en un ataque de pánico, que es el fantasma que la acosa de forma constante. Ahora llega el momento de evaluar la situación, ya que si bien ha averiguado mucho, no está segura de que sirva de algo o de que entienda lo que está pasando.

Descubrió que, hace alrededor de ciento setenta años, estas tierras pertenecían a un hacendado de origen español, que desapareció en el año 1857 luego de un terremoto. Al año siguiente, las diez familias dueñas del complejo en la actualidad comienzan a pagar impuestos sobre estas tierras sin que haya ningún documento que los acredite como propietarios. No hay más noticias hasta el año 1926, cuando las mismas personas construyen el primer edificio en este sitio. Luego, en 1971, aparece el primer título de propiedad a nombre de una sociedad, también de las mismas personas, que compran las tierras por un breve tiempo y, una vez reformado el primer edificio y construido el segundo, vuelven a vender los apartamentos a los mismos dueños. En ese mismo momento se construye el refugio y comienzan las desapariciones, o al menos, comienza a haber noticias de ellas desde la desaparición, ciento veinte años antes, de los integrantes de la familia De la Serna. La primera desaparición, entonces, en tiempos modernos fue la de Jenny Fisher. Años más tarde desapareció un indigente, después el detective Tony Giaccobe y hace pocos días la señora Murray. Estas fueron las desapariciones denunciadas o registradas de manera oficial, porque además de ellas, hay rumores sobre decenas de desapariciones que la policía no se molestó en investigar. Entre estas, las de muchos indigentes que asistían al refugio, empleados del complejo y vecinos que dejaron de vivir aquí de la noche a la mañana. Por supuesto, está también lo que le pasó a ella misma, que fue perseguida por la calle y apenas pudo escapar. Mina piensa que esto puede haber pasado muchas veces, que hay gente que se debe haber salvado de casualidad y de la que nadie se ha enterado jamás. Lo mismo que sucede con los hackeos, muchas veces intentan hackear un sistema y no lo logran, pero solo nos enteramos cuando el daño está hecho. Eso es lo que Mina quiere encontrar, la falla del sistema por la que se producen las anomalías. Ella cree que todo es un sistema, que el mundo funciona de esa manera. Si logra descifrar el sistema, podrá encontrar la falla.

Mina se da cuenta de que tiene hambre, así que se levanta y va hasta la cocina para hacerse algo de comer. Es entonces que ve entre su vajilla el plato en que la vecina le trajo la tarta.

—Me olvidé de devolverlo —dice mientras lo agarra y lo mira—. Todavía no es muy tarde.

Mina piensa que es mejor que lo devuelva, no desea que la vecina crea que se lo quiere quedar. Así que, con el plato en la mano, sale al pasillo. No cierra la puerta, solo la entorna. Camina hasta la casa de la vecina y le toca el timbre. La mujer, luego de unos segundos, abre la puerta.

—Hola, Peggy —dice Mina—. Quería devolverte esto, disculpa que no lo haya hecho antes. Me olvidé por completo.

—No te preocupes, querida —responde Peggy—, no era necesario. Muchas gracias.

—No, gracias a ti —le contesta. Cuando está por volver a su apartamento, la vecina la toma de la muñeca.

—Antes de que te vayas —dice Peggy—. Qué bueno que viniste, porque quería contarte algo.

—Oh, dime —responde Mina interesada.

—Es sobre la señora Murray —prosigue Peggy—. Hablé con su hijo y todavía no hay novedades.

—Debe estar muy preocupado —dice Mina, suponiendo el estado anímico de alguien a quien se le ha perdido la madre.

—Yo pensaba lo mismo —explica Peggy, haciendo

memoria—. Sin embargo, me llamó la atención que lo vi tan bien como siempre. Solo cuando le pregunté por su madre, cambió de actitud y se comportó apesadumbrado. Fue extraño, me pareció que simulaba la preocupación.

—¿En serio? —pregunta Mina, pensando que tal vez haya algo interesante en lo que advirtió su vecina.

—Sí —contesta la mujer—. La verdad es que, después de nuestra última charla, me he quedado pensando. Los propietarios del complejo son gente muy extraña. Por algún motivo no se juntan con los demás, apenas si saludan. Siempre hubo algo sobre ellos que me causó mala vibra, y ese muchacho me parece que es el peor.

—¿Por qué dices eso? —pregunta Mina—. ¿Lo has visto hacer algo raro quizás?

—No, para nada —dice ella haciendo un gesto de negación con la mano—. Parece ser el joven ideal, quien toda madre querría de marido para su hija. Thomas es un muchacho que siempre está de buen humor y empiezo a pensar que hay algo de falso en su postura. No se puede ser tan perfecto.

—¿Perdón? —pregunta Mina queriendo confirmar si escuchó bien—. ¿Dijiste Thomas?

—Sí —contesta Peggy—, Thomas Murray, el hijo de Rose Murray, el dueño del refugio para indigentes.

CAPÍTULO 36
COMIENZA EL SHOW

THOMAS ES el hijo de la señora Murray. Mina está perpleja, no se lo hubiera imaginado nunca. Se despidió de la vecina y volvió al apartamento, caminando como un zombi. Trataba de hacer encajar en su mente aquella nueva información. Lo primero en que pensó mientras comía unas galletas, ya que no estaba de ánimo para ponerse a cocinar, fue que Thomas no le había dicho nada sobre la desaparición de su madre. Lo había visto el mismo día en que la policía había sido avisada. No lo vio conmocionado ni mucho menos. No hizo ninguna referencia al tema, como si no le importara, lo estuviera negando o quizás como si supiera a la perfección lo que había pasado.

Ahora las fechas coincidían. La muerte de su padre, los apartamentos heredados por la madre y el cese de desapariciones de los indigentes. Todo sucedió de forma simultánea. Tal vez, su padre sí estaba implicado en las desapariciones y cuando él se hizo cargo, aquello dejó de suceder. Quizás él no tenga nada que ver con todo esto.

—¿Y si esa era la cuota de la que hablaban en la reunión del consejo? —dice Mina, excitada, como si hubiera tenido un rapto de inspiración. Se endereza en la cama. Luego de comer las galletas se lavó los dientes y se acostó a dormir. Lo hizo de manera entrecortada, despertándose a ratos. Esta vez se despertó completamente, ya no volvería a dormirse, y decide levantarse a pesar de ser de madrugada.

Si es como Vincent supone y se trata de una organización de tráfico de personas, piensa Mina mientras camina a la sala, la muerte del señor Murray pudo haber alterado la continuidad de los secuestros, se dejó de pagar la cuota. Quizás la señora Murray no quiso participar en esto y, al no cumplir con su parte, la hicieron desaparecer. Tal vez Thomas no sabe nada de eso y, al hacerse cargo del refugio, su madre suspendió esa práctica para no implicarlo. Lo que Mina no entiende, si estas cosas son como especula, que tiene que ver la superstición de la que escuchó hablar en el sótano. Por otro lado, tampoco comprende la actitud de Thomas. Si bien ella no cree que esté involucrado, su falta de preocupación por conocer el paradero de su madre es muy llamativa. Quizás sea solo su forma de afrontar el problema. Seguir con su vida como si nada sucediera, puede ser su manera de sobrellevar el mal momento. Mina le preguntará la próxima vez que lo vea, así podrá quitarse las dudas.

Por el momento, solo sabe que las fechas apoyan su hipótesis. Pero todavía necesita pruebas, tiene que descubrir cómo funciona el sistema. Mientras piensa en esto, se dice así misma que debe descubrir un patrón, que tiene suficientes datos para hallar ese sistema que aún no está viendo. Tiene que encontrar las anomalías recurrentes que le señalen las fallas del sistema. Se sienta a la mesa y agarra el portátil. Tiene que empezar de nuevo.

—¿Qué es lo que no veo? —se pregunta Mina mientras abre las carpetas que hackeó en la mitad de la pantalla y, en la otra mitad, abre Google.

Lo primero que ve en los documentos es sobre los impuestos a nombre de los actuales propietarios en 1858. Pero recuerda que la familia De la Serna desapareció en 1857. También recuerda que, un año antes, esta familia comenzó a crecer económicamente.

—Okey —dice Mina mientras piensa que sería bueno saber qué pasó en la década del cincuenta. Entonces, escribe en el buscador: «California 1850».

Lo primero que aparece es de Wikipedia: «Con la intensificación de la fiebre de oro de California, en la década de 1850, California se sumó a la Unión como un estado». Mina se había olvidado por completo de la fiebre del oro, era algo que estudió en la escuela y conoció también por las viejas películas del oeste. Así que busca «fiebre de oro en Monterrey». No encuentra nada, aparecen cosas que no tienen nada que ver. Investiga un poco más y se entera de que no apareció oro en Monterrey. Por un instante, ella pensó que el enriquecimiento repentino de los De la Serna podría haber sido por el oro, pero esto lo descarta.

—Por aquí no hay nada —dice Mina y piensa en qué buscar—. A ver...

Pone «Monterrey California 1857» en Google, la fecha en que murieron los De la Serna. Para su sorpresa, lo primero que sale es otra vez Wikipedia: «Terremoto de Fort Tejón de 1857». Mina se da cuenta de que este pudo ser el terremoto que acabó con esa familia y lee la entrada. Fue uno de los terremotos más fuertes de California y el epicentro fue cerca de la ciudad. Entonces, se le ocurre otra cosa.

—Terremoto California 1926 —dice Mina en voz alta

mientras lo escribe en el buscador. Quiere ver si este patrón que no logra encontrar puede estar relacionado con los terremotos. Ya ha probado de todo, así que no le cuesta nada probar algo más. En 1926 se hizo el primer edificio.

Se muestra un listado con los sismos en toda California y aparece, efectivamente, un terremoto en 1926 en la bahía de Monterrey. Mina no cree en las casualidades, sino en las anomalías. Esto lo considera una anomalía, pero no llega a ser aún un patrón. Tendría que encontrar una fecha clave más que coincida con un terremoto. Así que va a buscar directamente la siguiente fecha clave, 1971, cuando se remodeló el complejo. Como lo esperaba, hubo también un terremoto en California ese año, solo que fue en San Fernando y no en Monterrey, bastante lejos de aquí. Sin embargo, recuerda lo que pasó la noche en que la atacaron, que se sintió un temblor en el complejo y no en los alrededores. Quizás el temblor de San Fernando tuvo alguna replica más pequeña en esta zona. Tal vez debieron remodelar el complejo porque sufrió daños menores por el terremoto. Lo mismo pudo haber pasado en 1926, un terremoto destruyó las viviendas y construyeron un edificio nuevo. Si esto fuera así, Mina podría haber encontrado al fin su patrón.

—¡Diablos! —grita y la gata levanta la cabeza para mirarla desde su almohadón.

Mina está frustrada. Tiene un patrón, suceden desapariciones desde hace ciento sesenta años que coinciden con los terremotos. ¿Pero qué tiene que ver una cosa con otra?

—Nada —dice la joven a la vez que se levanta de la silla y camina hacia la ventana—. No tiene nada que ver.

Llega hacia la ventana y mira hacia afuera. Es una noche tranquila, ningún movimiento entre los coches. La escucha maullar a Wifi y gira para mirarla.

—¿Qué pasa, amor? —le pregunta a la gata, que la ve venir apurando el paso para llegar hasta ella.

Recién entonces le viene una sensación de náuseas y apoya la mano en la pared. Siente entonces una leve vibración en el edificio. Es un temblor.

—Comienza el *show*.

CAPÍTULO 37
NOS VAMOS AL SÓTANO

MINA VA hasta la mesa y recoge el móvil. Lo va a llamar al detective, pero se detiene. No sabe si los propietarios bajan al túnel cada vez que hay un temblor. Cree que tal vez sea mejor esperar a verlos antes de llamarlo a Vincent. Así que apaga la luz de la sala y se aproxima a la ventana para vigilar desde allí lo que pueda suceder en el aparcamiento.

Pasan casi diez minutos hasta que Mina ve los primeros movimientos. El señor Harrison aparece, luego dos personas más, todos vestidos de negro. Llegó el momento. Llama al detective Giaccobe. El teléfono suena dos veces y a la tercera atiende.

—Hola. ¿Mina? —dice la voz del detective en el móvil.

—Sí, Vincent —responde ella—. Ya comenzó, están bajando al sótano.

—No hagas nada —dice él—, ya voy para allá.

—Okey —contesta Mina y corta la llamada.

Permanece a un costado de la ventana viendo hacia abajo. Solo una persona más atravesó el *parking*, luego, todo volvió a la calma. Pasan los minutos y Mina se impacienta. No sabe cuánto tiempo aquellas personas permanecerán allí abajo. Quiere que el detective se apresure.

—Tal vez deba bajar —dice mirando a Wifi, que sigue echada a su lado.

Está con ropa de cama, así que se viste y se pone zapatillas. Va hasta la puerta y le echa una última mirada a la gata.

—Vuelvo en un rato —le dice y sale.

Baja en silencio por la escalera. No prende las luces. Llega a la planta baja y mira la puerta del sótano. Por debajo se ve que hay luz del otro lado. Mina no sabe qué hacer, el detective se está demorando y lo que sea que estén haciendo allí está sucediendo justo ahora. Se acerca hasta la puerta para verificar que esté abierta. Pone la mano en el picaporte y escucha si hay algún sonido del otro lado. No oye nada. Acciona el picaporte y la puerta se abre. Va a echar un vistazo cuando escucha un sonido a sus espaldas. Gira para mirar atrás. Es el elevador. Alguien está bajando. Mira hacia todos lados, no sabe qué hacer. Va a entrar al sótano, pero se arrepiente. Corre hacia la escalera, y cuando pasa frente al elevador, observa que está descendiendo con una única persona dentro, solo alcanza a verle las piernas. Llega hasta la escalera, y apenas sube dos escalones, escucha abrirse al elevador. Se esconde contra la pared. Oye la puerta del elevador cerrarse. Luego algunos ruidos más, quizás la puerta del sótano. En ese momento le vibra el móvil, ella corta la llamada de inmediato y se queda escuchando. No hay ningún movimiento. Espera. Recién entonces oye que la puerta del sótano se cierra. No sabe si la persona escuchó el ruido característico de la vibración del teléfono o no, pero ya no está allí. Mira el móvil y ve que la llamó el detective Giaccobe. Le entra un mensaje de WhatsApp.

«Estoy afuera», dice el texto.

«Te abro», le escribe Mina y camina hasta la entrada. Recién entonces lo ve llegar corriendo.

Ella abre rápido y él ingresa. Lo aferra del brazo y lo arrastra hasta el ingreso al sótano. Arrima el oído a la puerta. No escucha nada.

—Ya están abajo —dice Mina mirándolo a los ojos.

—Espera —dice el detective y se lleva el móvil que traía en la mano al oído.

Está llamando a alguien y Mina no sabe por qué justo ahora. El teléfono suena varias veces hasta que por fin alguien atiende.

—¿Qué pasa, Vincent? —dice la voz al otro lado—. ¿No tienes nada mejor que hacer que despertarme?

—Calla y escucha, Mike —dice el detective—. Estoy en el complejo.

—¿Qué complejo? —pregunta el hombre al teléfono, que claramente no entiende lo que está sucediendo.

—Tú sabes qué complejo, escucha —continúa el detective —. Estoy con Mina, la muchacha que atacaron la semana pasada. Vamos a bajar al sótano porque está pasando algo raro allí, puede que haya una instalación subterránea ilegal.

—¿Qué haces, estúpido? —lo interrumpe el hombre, molesto— Vete ya mismo de ahí.

—No, Mike —contesta el detective y la mira a Mina—, esta vez no. Si no tienes novedades en una hora, ya sabes dónde buscarme.

—No, Vincent, no hagas…

El detective corta y pone el móvil en silencio.

—Era mi compañero —explica Giaccobe—. Si las cosas se complican, alguien debe saber dónde estamos.

A Mina no le gusta lo que acaba de escuchar. ¿Qué cosa se puede complicar? Ella supuso que, al estar con un policía, estaría protegida. Pero luego de escuchar la conversación que tuvo con su compañero, ya no está segura de eso. Comienza a dudar acerca de seguir adelante. Se pone nerviosa y el corazón se le acelera. El detective nota el cambio de actitud de Mina y la toma de la mano.

—Tranquila —le dice sin soltarla mientras guarda el móvil en el bolsillo. Apoya la mano libre en el picaporte y abre la puerta—. Vamos.

CAPÍTULO 38
AL FINAL DEL TÚNEL

EL DETECTIVE GIACCOBE PASA PRIMERO. Mina lo hace detrás de él. Bajan despacio. El detective se agacha para ver mejor lo que hay delante. Es la primera vez que entra en el lugar y no sabe lo que puede encontrar. No hay nadie a la vista. Los dos abandonan la escalera y avanzan unos pasos. El detective señala la puerta metálica y la mira a Mina. Está sorprendido por las características de aquella extraña puerta. Ella asiente con la cabeza y los dos caminan hasta allí. Ambos se arriman para oír lo que pasa detrás. Mina se alza de hombros al no escuchar nada. Entonces, Vincent agarra la manija y tira hacia afuera. La puerta cede y ambos ven los escalones que bajan al suelo de cemento. El detective va siempre delante y comienza a bajar. Las luces están encendidas. Son cuatro en total, dos de ellas son viejas lámparas incandescentes, hace un par de años que no ve una de esas. Se fija entonces en el cable que las une, es negro y grueso. Piensa que es una conexión muy antigua. Mina saca su teléfono y comienza a grabar. Piensa que debe registrar todo lo que vean para una futura denuncia. El detective la ve y aprueba, asintiendo con la cabeza.

Avanzan hacia el final de la cámara y el detective ve que el cable y las luces continúan dentro del hueco en la pared. Todo coincide con lo que le había contado Mina. Siguen y llegan hasta el hueco. El detective se asoma dentro. Es un túnel de más o menos un metro de ancho por dos de alto. Está cavado directamente en la roca de manera irregular. Mira el suelo y ve que hay escalones también tallados en piedra. Vincent no sabe de cuestiones geológicas, así que no tiene idea de la dureza del material, ni de cómo hicieron o cuándo cavaron ese pasadizo. Sin embargo, se ve sólido y resistente. Pone un pie dentro, luego el otro y empieza a bajar. Mina lo sigue de cerca, apoyando con cuidado las manos en las paredes. El lugar se siente húmedo y frío. No tardan mucho en atravesar los diez metros hasta el recodo que gira a la derecha. El detective le echa un vistazo a Mina para comprobar que viene detrás de él y luego continúa. Al entrar en esa parte del recorrido, dejan de ver el hueco con la salida. Ahora solo hay roca detrás y, a apenas cinco metros adelante, parece abrirse un pasaje más grande. Descienden y ven que el pasadizo termina allí, que lo que sigue es un verdadero túnel, mucho más grande, con parantes de madera que lo sostienen y unos rieles de metal en el suelo. Este túnel continúa a ambos lados, solo que la iluminación únicamente corre hacia la derecha, mientras que a la izquierda el túnel se pierde en una oscuridad absoluta.

—Esto es una vieja mina —dice el detective en un susurro, rompiendo el silencio por primera vez desde que entraron al sótano.

—¿Crees que es de la época de la fiebre del oro? —pregunta Mina.

—No lo sé —contesta él—, pero no creo que haya habido oro en Monterrey. ¿Por qué lo dices?

Mina camina hasta un costado y levanta algo del suelo,

181

lleno de polvo. Se lo muestra al detective. Es un cilindro de metal.

—Esto parece una lámpara de acetileno —dice Mina mirando el artefacto, está adivinando mientras continúa grabando todo. El detective se acerca y la examina.

—He visto lámparas de acetileno —dice él—, son distintas. Esto debe ser anterior, tal vez de aceite.

Mina deja la lámpara en donde la encontró y ambos avanzan. Esta mina no aparece en ninguno de los documentos que estuvo investigando. No tiene dudas de que este lugar es de la época del oro. Tal vez sí hallaron oro en Monterrey, pero nadie se enteró. El rápido crecimiento de los De la Serna pudo deberse a eso, solo que lo ocultaron. No es de extrañar, era sabido que cada vez que alguien encontraba oro, el lugar se llenaba de nuevos buscadores, por eso muchos lo ocultaban.

Ven que el túnel sigue alrededor de veinte metros hasta que se bifurca. Los dos nuevos ramales en los que se abre son un poco más pequeños que por el que van ahora. Las luces siguen en el túnel de la derecha. Se dirigen hacia allí. El camino tiene un leve declive, están yendo hacia abajo. El aire se siente pesado hasta que, al llegar cerca de la bifurcación, una tenue corriente de aire se deja sentir en dirección a donde está iluminado. Al costado derecho hay otro pasadizo angosto, tiene cable y lámparas, pero la luz está apagada. El movimiento del aire parece formarse entre el pasadizo y el tramo siguiente del túnel.

—Tal vez otra entrada —arriesga el detective.

Caminan unos pasos y Mina ve, en el techo rocoso, un tubo con una abertura. Al acercarse, siente que el aire circula con más intensidad.

—Es un ducto de ventilación —dice—. Estamos bajo el parque.

El detective parece no escuchar lo que dice Mina, está concentrado en lo que ve adelante.

—¿Qué es eso? —pregunta él mientras sigue caminando. Son quince metros los que avanzan hasta que el túnel se abre a un espacio más grande. Todavía están a pocos pasos cuando comienzan a escuchar voces. Ambos se miran y se acercan a una pared para ocultarse. Con pasos cortos, se arriman al final del túnel. Logran asomarse y ver lo que hay al otro lado. Mina lo aferra del brazo a Vincent. Se da cuenta de que su teléfono sigue grabando, pero estaba apuntando al suelo. Así que levanta el móvil y enfoca hacia adelante. No pueden creer lo que están viendo.

Como en una película fantástica salida de la imaginación de Julio Verne, ante los ojos de Mina y Vincent se abre una enorme caverna, tal vez de cincuenta metros de ancho. Sobre sus cabezas se eleva el techo en formas irregulares que se pierden en un juego de luces y sombras. La luz proviene del mismo tendido eléctrico que han venido siguiendo. Este se extiende todo alrededor de las paredes de la caverna, siguiendo una silueta que a veces se pierde tras alguna saliente para volver a aparecer más tarde. Mina y Vincent se asoman fuera del túnel y miran hacia abajo. Allí la visión es aún más impresionante. En un espiral deforme y confuso, la gruta se interna en las profundidades, dando vueltas en una cinta sin final. Es como una rampa circular que desciende de manera concéntrica hacia un fondo que no se alcanza a ver. Las luces, como alumbrando un árbol navideño invertido, se hunden hasta un determinado punto fuera de la vista, pero se adivina porque, más allá de ese límite, solo hay un pozo negro.

El detective le toca el hombro a Mina y señala hacia abajo. Cinco niveles de espiral por debajo, a unos veinte metros de profundidad, hay un grupo de gente. Son seis personas con herramientas. El detective le hace una seña con la mano y avanzan dentro de la espiral. Mina ve algo en la pared y toca a Vincent para que lo mire. Es una especie de pintura rupestre, gráficos que Mina no llega a entender. Tal vez figuras humanas y signos incomprensibles. Hay un dibujo de una espiral, y Mina de inmediato lo relaciona con la forma de la caverna. Si en el tiempo de los aborígenes americanos ya la cueva tenía esta forma espiralada, eso quiere decir que es una formación natural y no algo hecho por el hombre. Mina vuelve a especular con el pasado, tal vez los De la Serna encontraron esta extraordinaria cueva y comenzaron a explotarla, buscando oro. El detective Giaccobe apenas mira aquellos dibujos y pronto vuelve a enfocarse en lo que hay abajo. No tiene idea de lo que están haciendo, pero espera que le den alguna pista del paradero de toda esa gente desaparecida. Él avanza y Mina, que estaba grabando los gráficos, empieza a seguirlo.

—¡Quietos ahí! —dice una voz a sus espaldas y ambos giran para ver quién les habla. Mina, instintivamente, guarda el móvil en un bolsillo, pero no lo apaga. Da un paso atrás hacia el detective al ver que, con un arma apuntándole, está el delincuente de negro que la persiguió hace unos días. Su respiración y corazón se aceleran. El hombre, con gorra y capucha, levanta con lentitud el rostro hasta que la luz de una lámpara lo ilumina. Es Thomas.

CAPÍTULO 39
EL ESPÍRITU DEL ABISMO

—Lo siento, Mina —dice Thomas con un gesto de pena irónicamente exagerado y luego se dirige a Vincent—. Tú, te recuerdo, detective, con mucho cuidado, quítate el arma y déjala en el suelo.

Vincent abre su chaqueta con la mano derecha y con la izquierda saca el arma. Se agacha, la deja en el suelo y luego se endereza.

—Bien —dice Thomas—, ahora caminen.

—Pero, Thomas, por favor —dice Mina, suplicando mientras su corazón se acelera cada vez más y comienza a faltarle el aire—. No entiendo por qué haces esto.

—Ni tendrías que haberlo entendido nunca —dice Thomas mientras le hace una seña con el arma a Vincent para que avance—. Si te hubieras portado como una buena chica, no te habrías enterado de nada y seríamos buenos amigos, tal vez algo más que eso.

Mina está con el corazón a todo galope, le cuesta respirar. Mira por dónde camina porque el suelo está hecho de roca irregular.

—Sin embargo —prosigue Thomas a la vez que recoge el arma de Vincent y continúan bajando—, ahora que estás aquí, vas a enterarte de lo importante que eres para la comunidad.

El detective escucha las palabras de Thomas sin decir ni hacer nada sospechoso. Quiere saber todo lo posible antes de actuar. Si bien le entregó el arma reglamentaria que llevaba en la cartuchera a un costado del cinturón, aún tiene una pequeña pistola atada a la pantorrilla. En cuanto sea el momento oportuno, la utilizará para liberarse. Debe dejarlo hablar, que se sienta cómodo y se descuide.

Al mismo tiempo, Mina está a punto de entrar en un ataque de pánico. Lo único que impide que eso suceda es su curiosidad. Está tan intrigada por saber al fin de qué se trata.

—Sabes, Mina —prosigue Thomas con su explicación—. Es un honor el que te ha tocado esta noche, estás en el palacio del espíritu y aquí salvarás a miles de personas.

—No entiendo de qué hablas, Thomas —dice Mina, que quiere respuestas—. ¿Qué hacen ustedes aquí?

—Por ser tú, te contaré la historia larga —responde Thomas como si le estuviera haciendo un favor—. Hace alrededor de ciento setenta años llegó a Monterrey un grupo de veinte hombres buscando oro. Se habían conocido un mes antes en San Francisco, pero por un problema con la ley debieron huir y buscar una región menos explorada. Al llegar aquí, se enteraron de que nadie había visto oro en esta zona. Pero un indio alcohólico les contó sobre una leyenda. La historia hablaba de que los antiguos realizaban sacrificios al espíritu del abismo para que no se los tragara en un apocalipsis. A cambio de esto, el espíritu no solo los dejaba tranquilos, sino que los premiaba con pepitas de oro. Estos hombres buscaron el lugar de la leyenda, pero resultó que se encontraba en las tierras de un hacendado de origen español. Hablaron con el hacendado y llegaron a un acuerdo. Él no sabía nada de buscar oro, así que arreglaron que los dejaría buscar el oro en sus tierras, pero que la mitad de lo que hallaran sería para él.

Mina resbala y se toma de Vincent, que le da la mano. El sinuoso sendero no tiene más de un metro de ancho y se angosta o ensancha sin ninguna lógica. Mina no termina de decidir si alguien talló esto en la roca o es de origen natural.

—Empezaron a buscar —continúa Thomas— y encontraron, en la base de la colina, una grieta delgada por la que a duras penas podía pasar un hombre. Este pasaje los condujo hasta la caverna en la que estamos ahora.

A medida que descienden, mientras Mina está absorta en el relato, el detective observa que los hombres que hay debajo ya los han visto. Dejan de hacer lo que estaban haciendo, tienen pequeños picos y martillos, se les quedan mirando como si los esperaran.

—En cuanto De la Serna vio lo que había aquí, los traicionó —prosigue Thomas—. Los tomó prisioneros y los hizo trabajar como esclavos. Como por la grieta era difícil de acceder y se podía sacar poca cantidad del mineral, el español los hizo construir el túnel por el que llegaron hasta aquí. Tres de los hombres murieron en la excavación y el hacendado los lanzó al abismo de la caverna para deshacerse de los cadáveres. Sin saberlo, el hacendado había apaciguado al espíritu del abismo, que los dejó tomar el oro por un tiempo sin problemas. Pero a los dos meses de iniciada la extracción, comenzaron los temblores.

En este punto, Mina mira al detective, quien, al escuchar la cuestión del «espíritu del abismo», se dio vuelta para mirarla también. Hasta este momento, lo que les contaba Thomas coincidía con lo que había investigado Mina y llenaba los huecos en su teoría, pero esto del «espíritu del abismo»... Mina quería escuchar más, todavía estaban tres niveles por encima de la gente que los esperaba abajo, mirándolos atentamente.

—Uno de los empleados del hacendado era un indio —sigue explicando Thomas—. Él había escuchado la leyenda sobre este foso y, al examinar los dibujos de las paredes, le explicó a su jefe lo que pasaba. Este lugar, la cueva y el abismo es el palacio del espíritu y para que este se mantuviera calmado y siguiera entregando sus riquezas, había que realizar sacrificios. Fue así que el hacendado comenzó a echar al abismo, uno a uno, al resto de los veinte que había esclavizado. Al año, solo quedaban diez de los buscadores de oro originales con vida. Cuando el espíritu se volvió a quejar, los diez no perdieron tiempo y se rebelaron. Tomaron por sorpresa a De la Serna y su familia, que terminaron siendo alimento para el espíritu. Se pusieron al frente de la hacienda, pagándole con oro a los empleados del hacendado, quienes cerraron la boca y continuaron con los nuevos amos, pero mucho mejor pagados. Como ellos no creían en la leyenda, dejaron de hacer sacrificios. El espíritu entonces se quejó y lo hizo con fuerza. Tiró abajo la vieja hacienda y los diez aprovecharon para culpar al derrumbe de la muerte de los De la Serna. Comprendieron así que, para seguir extrayendo oro, debían cumplir con la cuota de sacrificios. Con cada temblor, se exponía una pequeña veta de oro que permitía realizar la extracción. Los muertos eran el pago por morar y extraer las riquezas del palacio del espíritu.

«¡La cuota!», piensa Mina y recuerda lo que se le reclamaba a la señora Murray. De nuevo las cosas comienzan a tener sentido, si es que la locura de apaciguar al espíritu del abismo tenía algún sentido. Luego de la muerte de su esposo, que debía ser el encargado de conseguir «sacrificios» en el refugio, la señora Murray se debe haber negado a seguir con esa práctica, pero ¿qué pasó con ella? Mina, que había escuchado el relato en silencio hasta el momento, detiene su descenso y lo mira fijo a Thomas. El detective se detiene también.

—¿Qué pasó con tu madre? —le pregunta la joven de forma directa.

—Ella —dice Thomas, quien de pronto parece cambiar su actitud de confianza por una de duda y mira hacia la negrura del foso—... Ella nunca creyó en lo que hacía mi padre. Pensaba que era un delirio. Por eso, cuando el espíritu se empezó a quejar, tuve que salir de urgencia a cumplir con lo que ella no había hecho.

—¿Mataste a tu madre? —pregunta Mina, que no puede creer lo que escucha.

—No —responde Thomas enojado—, tú la mataste. Si no hubieras huido esa noche, serías tú quien hubiera apaciguado al espíritu y mi madre seguiría con vida. Por tu culpa debimos hacer algo drástico. En más de siglo y medio, hubo solo dos veces que no rendimos tributo al espíritu y casi morimos todos.

—En el veintiséis y en el setenta y uno —lo interrumpe Mina.

Thomas la mira sorprendido, no sabe cómo la muchacha ha obtenido esa información.

—Entonces sabes —continúa el joven— que este complejo se construyó luego del último terremoto que se produjo por no realizar los sacrificios a tiempo. A mi madre hubo que hacerla cumplir con la cuota con ella misma.

—¿Por qué lo denunciaste? —pregunta Mina, que no comprende por qué llamar la atención de la policía.

—Era la única forma de poder pasar sus propiedades a mi nombre —explica Thomas—. De todos modos, hoy estamos en otra cosa, pagarás con tu vida la deuda que tuvo que saldar mi madre. Pero piénsalo de esta manera, tu sacrificio y el de tu amigo, mantendrán al espíritu del abismo en calma, salvarás cientos o miles de vidas.

Durante este descenso hacia el foso, Mina estuvo tan concentrada en lo que contaba Thomas, que casi se olvida de su situación. Pero sus últimas palabras la trajeron de nuevo a la realidad. Estos locos están a punto de lanzarla junto con Vincent al fondo del pozo. Sintió que por más que gritara pidiendo ayuda, nadie la iba a escuchar, y que su voz se perdería en el eco de esa cueva y su grito se ahogaría en ese infame abismo hasta ser tan solo un susurro. Por un momento se vio a sí misma en un palacio maldito, acompañada de aquellos que fueron lanzados antes. «El palacio del espíritu es como un palacio de los susurros perdidos», pensó. Otra vez el corazón le late con fuerza y el aire, que ya es bastante denso en ese lugar, comienza a faltarle. Este hombre, en quien había empezado a confiar, no solo le había mentido, sino que planeaba matarla. «Puedes quedarte ahí parada y entrar en pánico, o ir hasta donde está ese cretino y patearle el trasero. ¿Qué harás?». Las palabras de su madre surgen de pronto en su mente. ¿Qué hará? Frente a ella, un hombre armado, debajo, la muerte esperándola. No tiene muchas opciones. Se acerca lo más que puede a Thomas y lo mira a los ojos. Él le clava también la mirada.

—Ya muévete —dice Thomas, quien llevando la pistola hacia un costado le señala que siga avanzando.

De repente, un temblor sacude el lugar y la luz parpadea. Mina ve que por un instante Thomas deja de apuntarla y reacciona. Lo empuja con todas sus fuerzas. El arma se dispara con un estruendo que resuena atronador. El proyectil sale en cualquier dirección sin tocar a nadie y Thomas trastabilla, cayendo hacia atrás. Vincent también reacciona y salta delante de Mina, tomándola del brazo. Patea a Thomas, que rueda en el suelo hasta el borde del sendero, a cinco metros de altura del siguiente nivel. Aprovechan para correr hacia arriba sin mirar atrás. Escuchan gritos desde abajo y un disparo que da en la pared cerca de ellos. No saben si fue Thomas o alguien más, pero siguen corriendo pegados a la pared, no quieren patinar y caer al precipicio. Más allá de las irregularidades de la roca, no tienen dónde resguardarse y están expuestos a los disparos. Otro tiro pega cerca de Mina. Recién entonces el detective se agacha y saca la pistola que llevaba oculta en la pantorrilla. Devuelve el fuego y ven que Thomas, que venía corriendo detrás de ellos, se echa también contra la pared, buscando una roca donde parapetarse. Vincent y Mina siguen corriendo, les resta solo una vuelta para salir de la espiral y quedar fuera de la vista de Thomas. Este les vuelve a disparar, y ahora roza el brazo del detective. Vincent no hace caso de la herida y devuelve el disparo sin detenerse. Ya casi están fuera del pozo y Mina mira hacia abajo. Ve que el resto de las personas también están corriendo hacia ellos un par de niveles detrás. Reconoce al señor Harrison, quien, también con un arma, está apuntándole. Otro temblor, esta vez más fuerte, los hace perder el equilibrio. Mina se aferra a Vincent y él se recuesta contra la pared. Entre los parpadeos de la luz, Mina ve que una roca se desprende y le da en la cabeza a Harrison, que no hace pie y cae al abismo gritando. Vincent se recupera y la lleva del brazo para seguir subiendo los pocos metros que le quedan. Alcanzan a salir del foso para meterse al túnel. Escuchan un disparo, pero ya están fuera de la línea de fuego. Rápidamente, cruzan la primera parte y salen al túnel principal más ancho. Un movimiento inesperado los sorprende, alguien sale de la nada y le clava algo a Vincent en un costado. El detective se echa hacia atrás y dispara. Le da en el pecho a ese hombre, que gira atontado con un cuchillo ensangrentado en la mano. La luz llega a alumbrar su rostro.

—¡Stephen! —dice Mina al reconocerlo. Mira entonces al lugar de donde salió, es el pasadizo que habían visto antes. Ella comprende que esa entrada debe dar al sótano del refugio.

Mina se acerca a Vincent y lo ayuda a levantarse, luego del ataque de Stephen había caído al suelo, está mal herido. Escuchan otro disparo. Al final del túnel está Thomas, apuntándoles. Comienzan a andar, saliendo de su ángulo de visión. Lo hacen a duras penas porque el detective casi no puede caminar. Suena otro tiro cerca de ellos y Vincent, que es sostenido por Mina, responde al fuego, haciendo que Thomas se proteja detrás de una viga. Llegan al túnel angosto que da al sótano y se meten. Vincent está perdiendo mucha sangre. Cuando alcanzan el recodo, una bala roza la pierna de Mina y trastabilla.

—Vamos, Mina —la alienta el detective, que tiene sus fuerzas puestas en sostener el arma—, tú puedes.

Mina se recobra y giran en el recodo para hacer el último trayecto hasta los cimientos.

—Espera —le dice el detective cuando terminan de subir por los escalones de piedra.

Mina no entiende por qué le pide eso, pero hace caso. Vincent, apoyado sobre Mina, apunta su arma hacia atrás y espera. Ella observa hacia ese lugar. De pronto, aparece Thomas y Vincent le dispara. El tiro da en el blanco, Mina ve a Thomas sacudirse y caer hacia atrás.

—Vamos —dice Vincent, que está a punto de desmayarse.

Casi todo el peso del hombre está sobre Mina, quien avanza a duras penas hacia la puerta de metal que parece estar cada vez más lejos.

—Se acabó —dice la voz de Thomas. Mina, que apoya una mano en la puerta de metal, gira para mirar hacia atrás. Lo ve a Thomas, apoyado contra la pared a la salida del hueco. Está sangrando de una pierna, pero los tiene en la mira—. Adiós.

Thomas jala del gatillo, pero la bala no sale. Mina no sabe si se le acabaron o se le trabó el arma, pero empuja la puerta de metal y, como ya no puede sostener más al detective, se arrojan hacia el sótano. Mina lo arrastra a Vincent, que está semiinconsciente, hasta que pasa todo el cuerpo hacia el otro lado. Lo ve a Thomas, que viene tras de ellos, rengueando. Cierran la puerta tras de sí. Mina no encuentra con qué trabarla. El detective recobra la lucidez por un momento y se sienta contra la puerta.

—Vete —dice Vincent, acomodándose para sostener la puerta con su cuerpo.

—No —dice Mina tratando de levantarlo—, vamos.

—No, Mina —contesta Vincent cuando sienten que alguien intenta abrir la puerta—. Yo no puedo, pide ayuda. ¡Vete ya!

Mina se pone de pie. Siente entonces el dolor en su pierna, se da cuenta de que está sangrando. Los embates contra la puerta se intensifican. Se abre lo suficiente como para que pase el brazo de Thomas, que sigue empujando, y sujeta el hombro de Vincent. El detective ni siquiera intenta zafarse, se ha desmayado. Mina camina hacia atrás, viendo cómo la mano tironea del detective hasta hacerlo caer. La puerta se abre, empujando al cuerpo inanimado, que ya no opone resistencia. Thomas sale al sótano y Mina reacciona al fin. Corre hacia la escalera y comienza a subir. De repente, se detiene porque la puerta del sótano se abre y se asoma un hombre portando un arma. Mina da un paso atrás. El hombre comienza a bajar con el arma en alto y ella sigue retrocediendo. Aparece Thomas, que saca de su cintura el arma que le había quitado a Vincent, e intenta agarrar a Mina. El hombre, que ya ha bajado varios escalones, no solo ve a

Thomas armado, sino también al detective echado en el suelo. Thomas ve al hombre y tira de Mina hacia sí. No llega a aferrarla del todo cuando un disparo lo impacta en el hombro y cae. Mina no entiende nada.

—Soy el detective Mike Fusko —le dice el hombre mientras baja sin dejar de apuntar a Thomas, que se retuerce en el suelo. El detective saca su móvil—. Tranquila, Mina, esto ya terminó.

El detective va hasta donde está Vincent y le toma los signos vitales. Luego llama por el móvil.

—Entren ya —dice el detective—. Oficial caído, llamen a la ambulancia.

EPÍLOGO

—MINA, ven a ver esto —le dice Diana, su madre la llama desde la sala.

Mina se encuentra en su vieja habitación, en la casa de sus padres. Hace un mes que se encuentra allí. Luego de la entrada milagrosa del detective Fusko y su llamado de auxilio, ingresaron enseguida dos oficiales uniformados. Detuvieron a Thomas Murray y al resto de los propietarios que, sin saber lo que sucedía, salieron al sótano para encontrarse con la policía.

El detective Giaccobe estuvo dos días grave en el hospital. Cuando se estabilizó, Mina lo fue a visitar. Él le dijo que su compañero había ido a buscarlo al complejo con dos uniformados de confianza sin decir nada a sus superiores, que arriesgó su carrera con eso, pero que, si no lo hubiera hecho, no habrían salido con vida de ese pozo maldito. También le contó que todos los propietarios permanecerían detenidos hasta ir a juicio por varios cargos. El teléfono de Mina, que quedó grabando el audio a pesar de estar en su bolsillo, fue fundamental para que los fiscales pudieran armar la causa. Se reabrirán viejos expedientes con denuncias de desapariciones nunca clarificadas, así que muchas familias recibirán justicia. Como, por ejemplo, el caso de la desaparición de la esposa del Sr. Fisher. Este declaró a la policía nuevamente sobre la supuesta nota escrita a máquina por su esposa y explicó sus sospechas que probablemente ella ahora yase en lo profundo de ese macabro sótano. Fisher tiene ahora esperanzas de hacerle justicia porque Mina le explicó que había rumores de que la cúpula de la policía también caería. Este dato se lo dio el detective Giaccobe.

Por su parte, Mina debió dejar el complejo junto con todos sus vecinos. Los bomberos dijeron que no era seguro permanecer en el complejo, ya que, debido a los túneles debajo, la estructura del edificio corría riesgo de derrumbe. Se debió evacuar el lugar hasta que se pudiera asegurar que no pasaría nada.

—Apúrate, Mina —insiste Diana.

La joven sale de la habitación y va hacia la sala. Ve a sus padres sentados en el sillón, mirando el televisor. En pantalla, aparece una periodista frente a un terreno descampado.

—Esto es lo que quedó de un complejo de dos edificios en la ciudad de Monterrey —dice la periodista—. Como pueden ver, no quedó nada. Los dos edificios fueron tragados por la tierra en un derrumbe inesperado. Afortunadamente, no hubo ninguna víctima. El lugar estaba clausurado desde que hace un mes se descubrieron estructuras subterráneas que hacían inseguro vivir allí. A esto se le sumaba el escándalo que conmovió no solo a California, sino a todo los Estados Unidos, por la secta de fanáticos que desde hacía más de un siglo y medio venía funcionando de manera clandestina, haciendo sacrificios humanos. Es así que esta historia de terror fue borrada de la faz de la Tierra. Los especialistas están intentando comprender qué ocasionó el derrumbe.

Como un dato más para agregar, podemos decir que la gran estructura subterránea que había aquí y que ahora está totalmente cubierta, estaba en espera de que el Gobierno apruebe su exploración arqueológica, ya que, según aseguraron testigos de la policía y el equipo forense, hallaron allí pinturas rupestres de una cultura desconocida. Es una pena que no se puedan investigar esos rastros de un pasado del que hasta el momento no se tenía noticias, pero según nos han dicho las autoridades, difícilmente se podrá realizar una excavación arqueológica en este lugar.

NOTAS DEL AUTOR

Espero hayas disfrutado la lectura de esta novela.

Si te gustó mi obra, por favor déjame una opinión en Amazon. Las críticas amables son buenas para los autores y los lectores... y un estudio reciente (realizado por mi persona) también indica que escribir una opinión positiva es bueno para el alma 😊

¿Sabías que ahora también puedes disfrutar de mis historias en audiolibros? Te invito a gozar de esta experiencia con mi relato *Los desaparecidos*. Escúchalo **gratis** aquí: https://soundcloud.com/raulgarbantes/losdesaparecidos

Puedes encontrar todas mis novelas en mi página web: www.raulgarbantes.com

Finalmente, si deseas contactarte conmigo puedes escribirme directamente a raul@raulgarbantes.com.

Mis mejores deseos,
Raúl Garbantes

amazon.com/author/raulgarbantes

goodreads.com/raulgarbantes

instagram.com/raulgarbantes

facebook.com/autorraulgarbantes

x.com/rgarbantes